余命一年

一生分の幸せな恋

miNato　永良サチ　望月くらげ　湊 祥

STARTS
スターツ出版株式会社

目次

君まで1150キロメートル　永良サチ　7
君とともに生きていく　望月くらげ　87
余命三か月、「世界から私が消えた後」を紡ぐ　湊祥　171
きみと終わらない夏を永遠に　miNato　251

余命一年　一生分の幸せな恋

君まで1150キロメートル

永良サチ

小島　悠人くんへ

突然いなくなった私のことなんて、もう気にしてないかもしれないけど、ちゃんとお別れをしたかったので勝手ながら手紙を書きました。


私は今、お母さんの実家がある北海道にいます。

平屋建てのおじいちゃんとおばあちゃんの家で新しい生活を送りながら、高校もこっちの学校に通い始めました。

最初はバタバタしていたけど、最近はやっと落ち着いてきて元気にやっています。

小島くんはとても優しい人だから、きっと私のことをすごく心配してくれたと思う。

スマホにも連絡をくれたはずだけど、事情があって解約しました。

音信不通になって怒っていると思いますが、連絡を無視していたわけじゃないことは知っておいてください。


小島くん、あの時の約束を破ってごめんね。

なにも言わずに引っ越してごめんね。

一方的に手紙を書いて、本当にごめんなさい。

最後になりますが体に気を付けて、いつまでも元気でいてね。

返事は不要です。

高山　楓香

「……やっぱりまだ咲いてないか」

私は中庭にある桜の木を見上げながら、小さなため息をついた。

北海道の西側に位置する札幌に引っ越してきて三か月が経った。全国的に桜の開花が発表されている中で、私の視線の先にある桜の木はまだ蕾のままだ。

春麗らかとは程遠い冷たい風が、頬の横を通りすぎていく。私が身勝手に書いた手紙は、彼の元にちゃんと届いただろうか。

中学二年　四月

彼こと小島悠人くんと出逢ったのは、今から三年前――中学二年生の時だ。クラス替えをしたばかりの教室では、くじ引きによる席替えが行われた。後ろの席を狙っているクラスメイトたちと同じように、私も気合いを入れてくじを引いたけれど、結果は真ん中の一番前。そこは教卓の前であり、みんながこぞって避けたい席だった。

……なんとなく、こうなる予感はしていた。昔から悪い予感だけは、けっこう当たるほうなのだ。しぶしぶ決まった席に移動したら、なぜか私の机になる場所に、顔を伏せて寝ている男子がいた。

『あ、あの……』

『…………』

『あのっ！』

『なに？』

声をかけても反応がなかったので、勇気を出して肩を叩いてみたら、やっと顔を上げてくれた。

『そ、そこは私の席だと思うんですが……』

『何番？』

『11番です』

『俺、16番だけど』

『あ、多分その席の隣です』

彼は黒板に書かれている席表を確認した後、少しだけ気まずそうな顔をして隣に移った。挨拶くらいできたら、と思っていたのに、またそそくさと机に顔を埋めてしまった。

サッカー部に所属していて、サッカーが上手な人。同級生という接点しかない小島くんについて知っていることはそれだけだ。

……もしかして、私って嫌われてる？

なんて不安に思ったのも束の間に、先生から席替えは今回限りだと宣言された。つまり小島くんと一年間は隣の席ということだ。

今日はたまたま機嫌が悪いだけかもしれないと思ったけれど、それからも彼とは話さない日々が続いた。

小島くんを一方的に観察してみた結果、色々と行動パターンが読めてきた。授業中はほとんど寝ているが、終業のチャイムが鳴れば飛び起きて、友達とサッカーをしに行く。そして休み時間が終われば、また机に突っ伏して堂々と眠っている。そんな小島くんは私にとってなにを考えているかわからない人だけど、わりと友達も多くいて、同級生の中でも一番明るい枝野くんとは親友ということが判明した。

全く正反対の二人に見えるのに、一体どんなことを話すんだろう。そもそも小島くんは笑ったりするんだろうか。……想像しようと思っても、全然できないや。

『おい、小島！　いい加減にしろ！』

廊下側の席から順番に数学の問題を解いていたところ、小島くんの態度を見かねた先生がついに怒った。

『この列が終わったら、次はお前に解いてもらうからな』と、名指しされているのに、彼はまっさらなノートを広げてぼんやりしている。……今やっている問題がわからないのかもしれない。

寝ていたのだからそうだろうと思いつつ、なぜか私のほうがソワソワと落ち着かない気持ちになってきた。後もう少しで小島くんの番が回ってきてしまう。

『い、今、このページの問題をやってます』

お節介（せっかい）とわかっていても、こっそり声をかけた。彼が驚いたようにこっちを見た。余計なことをするなって怒られるんじゃないかと思ったけれど、私と同じように小島くんは小さな声を出した。

『教科書が……ない』

『え、忘れちゃったの？』

『うん』

『じゃあ、私の教科書を……って、もう順番が来ちゃう。これ、問題の答え。小島くんが指されるのはここだからこの答えを言って！』

私はとっさに自分のノートを、彼の机に置いた。ギリギリのところで間に合い、小島くんは素直に私が書いた答えを読み上げていた。

『高山（たかやま）』

授業が終わってすぐに、彼から名前を呼ばれた。隣の席とはいえ、名前すら把握されていない可能性があると思っていたから、少しだけドキッとした。

『さっきはありがとう』

『え、あ、う、ううん。別に大したことはしてないから』

『お礼にしてはしょぼいけど、これあげる』

そう言って渡してくれたのは、リンゴ味の飴（あめ）だった。

『わ、私が貰（もら）っちゃっていいの……？』

『うん。カバンにいっぱい入ってるから』

『その飴、好きなの？』

『わかんない。でも味はうまいよ』

好きかわからないのにカバンにたくさん入っているなんて、ちょっと不思議。

『それと高山のノートって、すげえ見やすいな』

『え？』

『字、綺麗（きれい）でびっくりした』

そんなことを言われた私のほうがびっくりしてしまった。友達に誘われてまたサッカーをしに行く彼の後ろ姿を目で追った。

ただのクラスメイトで、隣の席になっただけなのに、小島くんがどういう人なのか、ますます気になっている自分がいた――。

■

「……香、楓香（ふうか）」

名前を呼ばれて振り返ると、後ろにお母さんが立っていた。どうやら私のことをずっと探していたらしい。

「部屋にいないから、心配したじゃないの」

「ごめん、ごめん。今戻ろうとしてたところ」

「そんなに薄着じゃダメでしょう」

「本当にちょっとだけ桜を見てただけ」

「そういえば、この前出してきてってお願いされた手紙の返事がポストに入ってたわよ」

「え？」

「ほら、これ」

お母さんから手渡された手紙の差出人は、たしかに小島悠人くんだった。心臓が壊れたみたいにバクバクしている。返事はいらないって書いたのに、どうして……。

「その子って、前の学校の友達？」

「あ、う、うん」

「スマホ、解約しちゃって本当によかったの？」

「…………」

「あんまり我慢強くならなくていいのよ。たまには楓香の本当の気持ちを……」

「私は我慢なんてしてないよ」

お母さんの声を遮って、にこりと笑い返した。

スマホを解約してほしいと頼んだのは他でもない私だ。こっちで暮らすと決めた日から、全ての繋がりを断とうと思った。そうしないと、自分の心がダメになってしまう気がしたから。

だけど彼だけは……小島くんだけにはちゃんと謝らなきゃいけないと思った。一通だけの手紙を書いて、それで終わりにするはずだったのに……。

私はお母さんから受け取った手紙を持って、部屋に戻った。ベッドに腰を下ろして、しばらく手紙とにらめっこをした後、意を決して封筒を開けた。そこには私が知っている彼の文字が並んでいた。

高山　楓香さんへ

突然手紙が届いてびっくりしました。

驚きすぎて、誰かのイタズラだと思ったくらい。


高山が北海道にいることは、学校で噂になっていました。

出所ははっきりしてないから、噂自体も曖昧な感じだけど、なんとなく俺も高山は遠くに行ったんだろうって思ってた。


なんでなにも言わずに引っ越したのか、俺も色々と考えてた。

なにか高山なりの事情があったんだろうなと、無理やり自分を納得させてきたけど、怒っているかと聞かれたら、やっぱり俺はまだ怒ってるよ。

だけど手紙が届いて、高山が元気でいることを知って、少し安心しました。


俺も元気でやっているよ。

高山が勉強を教えてくれたおかげで、ちゃんと進級もできた。

そっちの学校は、どんなところですか？

四月の北海道は、まだ寒いですか？

桜は咲いていますか？


あの日の〝約束〟は気にしなくていいよ。

俺のほうこそ、返事を勝手に書いてごめん。

迷惑だったら、手紙はすぐに捨ててください。

小島　悠人

「……小島くんっ」

私は彼からの手紙を、ぎゅっと胸に押し当てた。消そうとしていた気持ちが、消さなきゃいけないと思っていた想いがあふれてくる。

小島くんは、私の心を救ってくれた人。

そして、もう二度と会うことはない初恋の人。

◇

彼に返事を書けないまま五月になった。世間ではゴールデンウイークが過ぎ去り、いつもどおりの日常が始まった頃だろう。

あれから何度開いたかわからない手紙を、私は今日も読み返す。小島くんのことをいつから意識していたのか、正確な時期はわからない。だけど中二で隣の席になり、数学の答えを教えてあげた日から、私たちは少しずつ話すようになった。そして、その頃の私はちょうど友達関係に悩んでいた時期でもあった。

中学二年　六月

――『楓香はなにを頼んでも嫌って言わないから楽だよね！』

そんな会話を聞いてしまったのは、職員室に学級日誌を届け、教室に入ろうとした時だった。用事があるから代わりに引き受けてほしいとお願いしてきた友達は、一緒に残っていた子と楽しそうに教室で喋(しゃべ)っていた。

『わかる、わかる。面倒なことは楓香に任せちゃおうって思うよね』

『でも本人も手伝うのとか好きっぽいし、逆にうちらが仕事をあげて楓香を喜ばせてるみたいな？』

『本当にそれ。楓香はいい子ちゃんだから付き合いやすいよね！』

私のことを話してる子たちとは、クラス替えをしてから仲良くなった。頼まれごとを断れない性格なのは、今に始まったことじゃない。

うちの両親は共働きで、小さい頃から私は家の手伝いを率先してやっていた。お母さんとお父さんの負担が少しでも減ってくれたら。そんなお手伝い精神が染み付いていることもあり、学校でも同じように振る舞っていたけれど、まさか友達からそんなふうに思われていたなんて知らなかった。

でも私は、なにも聞かなかったことにした。そうすれば、波風を立てることなく平和に過ごせる。私が平気でいればいいんだって自分に言い聞かせていたある日。小島くんから、こんなことを言われた。

『高山って、あんまり笑わないよな』

それは授業が始まる五分前。友達の輪から離れて、自分の席に着いた時だった。

『え、私、けっこう人からよく笑うねって言われたりするよ？　さっきだって友達と楽しく話してたし……』

『でも、なんか高山ってアレっぽいんだよ。よくドンキとかに売ってる声真似(まね)する人形みたいなやつ』

『それって、自分の言葉をそのまま言い返してくるぬいぐるみのこと？』

『そうそう。なんか周りが笑ってるから高山も笑ってる感じがするっていうか……』

図星を指された気がしてドキッとした。

自分でもふとした瞬間に、これは偽物(にせもの)の声なんじゃないかと思う時がある。友達のテンションに合わせている時も。頼まれごとを明るく引き受けている時も。今朝だってお父さんから学校は楽しいかと聞かれて、私は楽しいと答えた。それは自分の答えなんかじゃない。

お父さんが安心してくれる答えを言っただけ。いつもそう。私は自分の声を無視して、相手が望んでいる正解を言葉にしているだけなのかもしれない。

『……周りに合わせて笑ったらダメなのかな』

私は自分が嫌な気持ちになるよりも、誰かが嫌な気持ちになるほうが苦しい。

『別にダメじゃないけど、本当に笑いたい時に笑えなくなりそうだなって思っただけ』

『それを言うなら小島くんだって、全然笑ってないと思う』

『サッカーやってる時は、わりと笑うよ』

『わ、私だって寝る前とかに面白い動画を観(み)たりして笑うもん！』

『へえ、どんなの？』

ガタッと、小島くんは私のほうに机を寄せた。彼はよく教科書を忘れる。だから、こんなふうに机同士をくっつけるのも初めてじゃない。だけど、男の子と近い距離になることなんてないから、いつも心臓がうるさくなってしまう。私は頑張って平静を保ちながら、小島くんに動画を見せた。

『お笑い芸人好きなんだ？』

『う、うん。小島くんは？』

『うーん、わかんないけど多分好きなほう』

『飴をくれた時もそんな感じで言ってたね』

『俺、サッカーだけは好きだって言えるんだけど、他の好きなものがよくわかんなくて。「好き」ってけっこう難しくない？』

言われてみれば、たしかにそうだと思う。嫌いなものを十個書けと言われたら書ける自信があるのに、好きなものはきっと、私だってスラスラ書くのは難しい。

『小島くんって、なんだか哲学者みたい』

『勉強嫌いなのに？』

『次の授業の教科書は持ってきた？』

『教科書はロッカーに……あー、やっぱり忘れたかも』

『かも？』

『忘れたことを、忘れてただけだよ』

『もう、なにそれ。しょうがないな』

改めて机を繋げる必要はない。だって、私たちはもうゼロ距離になっている。教科書を真ん中に置いて、先生が教室に入ってくる頃には、彼のあくびが聞こえた。小島くんは、またすぐに寝てしまう。もしも先生に指されたら、その肩を揺すって起こしてあげよう。隣の席の、私だけの特権なんて思っている自分に気づいた時には、きっともう彼のことを意識していたんだと思う。

■

――コンコン。手紙を読み返しながら中学時代のことを思い出していたら、部屋の扉がノックされた。

「楓香ちゃん、そろそろ時間よ」

スライド式の扉から顔を出したのは、いつもお世話になっている飯塚さんという看護師さんだった。小島くんからの手紙をテレビボードの引き出しにしまった後、私は飯塚さんと一緒に診察室に向かった。

「昨日はけっこう辛そうだったけど、体調はどう?」

「出してもらった薬が効いてるみたいで、今日はすごく元気です」

「そう、よかった。今日は夜勤で明日の朝まで病院にいるから、なにかあったら遠慮なくナースコールを押してね」

「ありがとうございます」

私の体の中には、悪い病気が潜んでいる。閉鎖的な空間で過ごさなければいけない日々の中で、飯塚さんは私の話し相手にもなってくれていた。

「飯塚さんの初恋って、いつですか？」

「うーん、たしか中学二年生の時かな」

「え、私と同じです！」

「ふふ、本当に？　私はひとつ上の先輩だったけど、楓香ちゃんの初恋相手はどんな人？」

「小島悠人くんって名前の同級生です。いつも眠そうにしていて無気力に思われがちなんですけど、すごく思いやりがあって、心の温かい人です」

「楓香ちゃんは素敵な人に恋をしたのね。私の初恋は遠い昔のことだから思い出になっちゃってるけど、楓香ちゃんはまだ違う？」

「私は……」

うまく質問に答えることができなかった。思い出にするために、私は北海道に来た。

顔を合わせることも、声を聞くこともない。偶然会うことさえない場所にいれば、自然と諦めがついて心の整理ができると思った。

〝迷惑だったら、手紙はすぐに捨ててください〟

もしも返事を書かなければ、彼からの手紙が迷惑だったと思わせることになる。それでいいのだと、割りきれたらどんなに楽だろうか。

「高山楓香さん、どうぞ」

廊下の突き当たりにある診察室に着いて、中へと案内された。

長い長い診察が終わったら、私はまた小島くんからの手紙を開く。そして、本当のことなんて半分も書けない嘘だらけの返事をしてしまうんだろう。

小島　悠人くんへ

手紙を送ってくれてありがとう。

私のほうこそ返事が来るとは思ってなかったから、すごくびっくりしたけれど嬉しかったです。

引っ越しのことを黙っていたのは、私自身もギリギリまでどうするべきなのか迷っていたからでした。

そんなの言い訳にはならないし、小島くんに許してもらえるとも思っていないので、私のことはずっと怒ったままでいていいよ。

私も小島くんが元気そうで安心しました。

もうすぐ中間考査だね。また赤点を取ったら大変だから、少しはテスト勉強してね。

私が通っている学校も共学です。

制服は北高と一緒でブレザーだけど、靴はローファーじゃなくてスニーカーです。

こっちは雪国だから、通学用の靴は基本的に自由なところが多いみたい。

冬になればブーツで登校したりするのかな？

気が早いかもしれないけれど、雪が降るのが今から楽しみです。

春の北海道は体感的に短いけれど、埼玉に比べたら肌寒い日が多いです。

桜も最近になってようやく咲いたのに、色づいていたのは一週間ほどでした。

来月になれば、そっちは梅雨になるね。

そういえば、北海道には梅雨がないんだって。

同じように季節はあるのに、小島くんと私がいる場所は全然違うところだなって、改めて思ったよ。

長々と書いてしまいましたが、返事は無理しなくて大丈夫です。

高山　楓香

◆

今朝ポストに入っていた彼女からの手紙には、前回と同じ青紫色の花が描かれていた。浮かれ気分で学校に持ってきてしまった手紙を、休み時間に開いて何度も読み返す。文字は人なりという言葉があるように、高山が綴る文字はとても綺麗だった。

「悠人、なに見てんの－？」

間延びした声で近寄ってきたのは、かれこれ五年近く友達をやっている枝野だ。

「別になんでもねーよ」

茶化されないように、手紙を机の下に隠した。

高山から一通目の手紙が届いた日、俺はちょうど枝野と彼女の話をしていた。高山が突然引っ越したのは、去年の十二月。冬休みに会う約束をしていたのに、彼女からはなにも聞かされていなかった。

担任の説明は諸事情による転校という漠然としたもので、到底受け入れることができなかった俺は、すぐさま高山に電話をかけた。

『おかけになった電話番号は現在使われておりません』

耳元で響いていた音声ガイダンス。あの時の絶望感は、今でも強烈に覚えている。

「高山さん、本当に北海道に行ったんかな……？」

窓の外に目を向けながら、枝野がぽつりと呟いた。手紙のことを枝野だけには言おうと思ったが、みんなが噂している彼女の行方を確かなものにしてはいけないような気がした。

「元気でいてくれたら、どこでもいいよ」

「……お前、高山さんのことも吹っ切れたのかよ？」

「そういうわけじゃない、けど……」

「だよな。悠人は中一から片思いしてたもんな」

「はっ、ちょ、声でけーし」

「本人に聞かれる心配はないんだから別にいいだろ。その頃から気になってたのは事実なんだし」

「……気になってはいたけど、あの頃はまだ好きかどうかよくわからなかった時だよ」

高山はなにも覚えてないだろうけど、実は同じクラスになる前の中一の体育祭の時。男子だけで行われる棒倒しという競技で俺は盛大に腕を擦りむいた。その時に怪我の手当てをしてくれたのが、救護テントにいた保健委員の高山だった。お風呂で滲みないようにと優しくガーゼを巻いてくれたことに心を射抜かれて、三秒後にはジャージに刺繍されていた【高山】という名前を覚えていた。

それから進級して同じクラスになり、どういう巡り合わせか隣の席になった。内心はすげえ緊張していたけれど、それを悟られないようにクールぶった。今にして思えば、カッコつけたかったんだと思う。

「高山さんとくっつきたくて、わざと教科書を忘れたふりとかしてたもんなー」

「……うるせーな」

「起こしてもらえるのが嬉しくて、寝たふりもしてたし？」

「そっちはふりじゃなくて本当だよ。部活の朝練がきつくて、授業中に体力を回復させないと放課後まで持たなかったから」

あの頃、高山のことは意識していたけれど、それが恋愛感情なのかどうかは自分でも曖昧だった。なんとなくいいなと思っていた気持ちが恋になったのは、あの日の放課後だと思う。

中学二年　九月

日直当番だった俺たちは、誰もいない教室で学級日誌を書いていた。日直は黒板消しも任されているが、六時間目の古文で習った古今和歌集の歌が消されずに残っている。俺がまた授業中に居眠りをしてノートを取り忘れたからだ。

思いつつ寝ればや人の見えつらむ
夢と知りせばさめざらましを

黒板に書かれているのは、小野小町が詠んだ歌。現代文に直すと『好きな人を想い続けていたら、その人が夢に現れた。夢だとわかっていたら、そのまま目覚めなかったのに』という恋の歌らしい。

『小島くんは夢に好きな人が出てきたことってある?』

隣に座っている高山がいきなりそんなことを聞いてきた。日誌を半分ずつ書いているからか、俺たちの机は隙間なく繋がっている。

最近、男子の中でも高山のことを可愛いと言い始めるやつが増えた。俺が先に気づいたことなんて関係ない。きっとこれから彼女に好意を持つ男なんて、いくらでも現れるだろう。

『小島くん、聞いてる?』

高山から顔を覗き込まれて我に返った。

『あ、ああ、聞いてる聞いてる。好きな人なんていないよ。そもそもあんまり夢も見ないし』

下心を悟られてはいけない。もしも意識しているってバレたら、警戒されてしまうかもしれないと思った。

『……そっか、好きな人いないんだね』

『高山はいるの?』

『それはご想像にお任せします』

『じゃあ、好きな人がいたとして、夢に出てきたことはある?』

『夢は会えない人ほど出てくるんだよ。だから会えてる人は出てこないの』

つまり、好きな人には会えているという解釈でいいんだろうか。誰だかわからないけれど、そいつが羨ましい。俺たちがこうして話しているのは、同じクラスで尚且つ隣の席だからだ。それがなくなってしまえば、俺と高山の接点はなにもなくなる。こんなふうに他愛ない会話をすることさえ、できないかもしれない。

『来年もクラス替えなんてしないで、ずっと隣の席だったらいいのにな……』

ハッと気づいた時にはもう遅くて、心の中で呟くはずが声に出していた。……やばい、今のはさすがに気持ち悪すぎだろ。引かれたかもしれないと思って、おそるおそる高山のほうに目をやった。

『……うん。私もずっと小島くんの隣がいいな』

お互いに見つめ合って、気づけば手と手が触れ合っていた。意識しすぎて、高山が可愛すぎて、心臓が痛い。なにかを言わなきゃって思った。だけど、廊下から聞こえてきた生徒の声に焦（あせ）って、同時に手を離した。気まずい空気が流れる中、高山が勢いよく席を立った。

『あ、えっと、私、先生に怒られる前に日誌を持っていくね！』

まだ書き終わっていない日誌を抱えて、彼女は教室から出ていった。ひとりになって、触れていた右手を見る。高山の手は、怪我の手当てをしてくれた時と同じ。優しくて、あったかくて、心臓を持っていかれそうになる。

『……すげえ好きじゃん、俺』

気持ちを自覚した瞬間、ゴツンと机におでこを付けた。ぴたりとくっついている席みたいに、いつか心も重なり合えたらいいのに——。

■

「悠人、また明日なー!」

帰りのホームルームが終わった後、剣道部に入っている枝野と昇降口で別れた。放課後の学校は、部活動をやっている生徒の声で溢(あふ)れている。グラウンドでは運動部員たちが汗を流していて、その中にサッカー部の姿もあった。

北高は地元だけあって、同中出身のやつらが数多くいる。グラウンドでボールを追いかけている部員の大半は、中学時代のチームメイトだ。高校では帰宅部を選んだ。あんなに好きだったサッカーボールも、かれこれ二年近くは触っていない。

家に着いて、制服のままベッドに寝転んだ。天井を仰ぎ見ながら、高山の顔を思い浮かべる。結局俺たちが同じクラスだったのは、中学二年の時だけだった。

ある時期から爆発的にモテ始めてしまった高山は、男女から関心を寄せられる存在になっていたこともあり、彼女の引っ越しは芸能人のゴシップよりも大騒ぎになった。男子はショックを受け、女子たちもこぞって情報収集に躍起(やっき)になっていたが、いまだに誰も高山が引っ越した理由を知らない。

手紙で聞いてみるという手もあるけれど、聞いてどうするんだと、ブレーキをかける自分がいる。埼玉県と北海道。高校生の俺からすれば、途方もない距離だ。だけど、俺たちはまだ、かろうじて繋がっている。どちらかが返事を書かなければ終わってしまう、小さな長方形の手紙の中で。

高山　楓香さんへ

この前の手紙に書いてあったように、こっちでは梅雨入りが発表されました。

北海道に梅雨がないなんて嘘だろって思って調べたら本当で、梅雨前線が通らない代わりに「蝦夷梅雨」っていう気候があるって書いてあった。

蝦夷って、北海道特有の言葉だったりするのかな。

エゾシカとかエゾリスとかエゾヒグマとか、エゾがつく動物がいるらしいけれど、普通の動物となにが違うんだろうって、ちょっと気になりました。

そういえば最初の手紙、ルーズリーフなんかに書いてごめん。

封筒だけは家にあったやつを使ったとはいえ、ルーズリーフはないだろって反省して、今回はちゃんとした（？）レターセットを買いました。

高山が通っている学校のことを教えてくれて、ありがとう。

俺は北海道に行ったことがないから、どのくらい雪が降るのか想像もつかないです。

高山はそっちでなにか部活に入った？

俺は二年になっても相変わらず帰宅部のままだよ。

サッカーは今でも好きだし、Ｊリーグの試合も欠かさず観てるけど、もう自分でやることはないと思う。

高山も色々と忙しいと思うけど、そっちの生活のことや学校のことをたくさん教えてほしい。

小島　悠人

◇

主治医の先生がいる診察室。今日は月一で行われる検査の結果を聞く日だ。先生がわかりやすく私の体のことを説明してくれている中、隣の椅子(いす)に座っているお母さんは、沈うつな表情を浮かべていた。

「楓香の手術はまだできないのでしょうか……？」

「腫瘍の場所があまり良くないので、現段階でも難しいです」

「でも根気よく治療をしていけば望みはありますよね？　楓香には時間がないんです、なんでもしますから、この子のことを助けてくださいっ！」

「お母さん、落ち着いてください。私たちも楓香さんを救うために最善を尽くしますから」

「お願いします、どうか、どうか……」

先生に向かって力なく懇願しているお母さんの姿を、私はただ見ていることしかできなかった。

自分の脳に腫瘍があると知ったのは、高校一年生の十月。いつもどおり学校に行って、晩ごはんの時間までのんびりしてようと思っていたら、突然割れるような頭痛に襲われた。

家にあった頭痛薬を探していたところにお母さんがパートから帰ってきて、そのまま近所の内科に行った。そこでは薬をいくつか処方してもらって帰宅したけれど、その日の夜に嘔吐。お父さんが運転する車で夜間診療をやっている大きな病院に駆け込み、そこで詳しい検査をした結果、悪性の脳腫瘍が発見された。

その時にはすでに腫瘍が脳の広範囲に増殖していて、全てを取り除くことはできないと言われた。

──余命一年。私に言い渡されたのは、残酷なタイムリミットだった。

「楓香、本当にごめんね……」

診察室から病室に戻った後も、お母さんの表情は暗かった。

病気になるまで、お母さんは私の前で一度も泣いたことはなかった。元気で、明るくて、逞しい。だから、勝手にお母さんは強い人だと思っていた。そんなお母さんのことを弱くさせているのは、紛れもなく私だ。私まで落ち込むわけにはいかない。私がしっかりして支えなければ……。

「私なら、大丈夫だよ！」

お母さんの不安が少しでも和らぐように、明るい声で返事をした。

埼玉の病院で余命宣告をされた時、両親は泣き崩れたけれど、私は泣かなかった。その代わりにふたりをこれ以上悲しませないためにはどうしたらいいんだろうと、必死に考えた記憶だけはある。

いつなにが起きるかわからないからと、お母さんはすぐにパートを辞めた。私の病気を治療してくれる病院を片っ端から探して見つけたのが、脳腫瘍の専門医である今の主治医の先生だ。

ちょうど札幌にお母さんの実家があることも重なって、引っ越しの話が持ち上がった。正直、最初は前向きではなかった。だけど、徐々に沸き上がってきたのは、病気を治したいというより、病気のことを小島くんに知られたくないという気持ちだった。このまま同じ学校にいれば、いずれ全てのことがバレてしまう。だから、私は黙って引っ越した。

――『次、会った時に大事な話があるんだ』

最後に交わした約束を、一方的に破ったまま。

「一回きりだと思っていたけど、手紙のやり取りを続けているのね」

暫くすると、お母さんは気持ちが落ち着いてきたみたいに、病室の棚に飾られている花瓶の水を替えてくれていた。

「……私も一回きりのつもりだったんだけどね」

そう言って、ベッドに取り付けられている昇降式テーブルに、いつものレターセットを出した。青紫色の花が描かれている便箋。小島くんにお別れを言うために私が選んだものだ。

「彼は楓香の体のことを知ってるの……？」

「知らないし、言うつもりもないよ」

私は手紙の投函をお母さんに頼んでいる。小島くんが送ってくれる住所も、おじいちゃんの家のものだから、私が言わない限り病気のことを知られることはない。

〝高山も色々と忙しいと思うけど、そっちの生活のことや学校のことをたくさん教えてほしい〟

先日お母さんから受け取った二通目の手紙を開いた。小島くんに嘘をつくのは心苦しいけれど、これでいいのだと自分に言い聞かせる。彼は優しい人だから、私の病気を知ったら心を痛めてしまう。あんなに大好きだったサッカーを辞めることになった時でさえ、誰のことも責めなかった小島くんの心に、傷をつけたくない。

中学三年　五月

――『楓香ちゃーん』

小島くんと隣の席だった一年間が終わって、中学三年生になった。教室移動のために廊下を歩いていたら、同級生の男子に名前を呼ばれた。

『お、目が合った！　どうする、どうする？』

『お前が話しかけろって』

『バッカ、押すなよ！』

条件反射で振り向いたものの、なぜか男子たちが揉めている。最近、こうやって用もないのに名前を叫ばれることが増えた。……なにかの罰ゲームだろうか。

『ああいうのは、無視でいいと思うよ』

『わっ……！』

気づくと、小島くんに声をかけられていた。大きな声を出してしまったことが恥ずかしくて、一気に顔が熱くなる。進級してもまた同じクラスに……なんて思っていた願いは叶わず、私は一組で、小島くんは六組になった。教室で言えば端と端なので、偶然会うこともほとんどない。

『な、なんか久しぶりだね！』

『うん』

『小島くん、ちょっと背伸びてない？』

『そう？　この前の身体測定ではあんまり変わってなかったよ』

『そ、そうなんだ。えっと、その……』

隣の席だった頃は普通に話せていたはずなのに、なぜか今はうまく喋ることができない。すると、またどこからか名前を呼ばれた。声のほうに顔を向けたら、先ほどとは違う男子がこっちを見ていた。

『最近、高山狙いの男が増えてるんだ』

『落ち着いて話せないから、ちょっと静かなところに行こ』

小島くんはそう言って、私の腕を遠慮がちに引っ張った。……場所を移動しようと言ってくれたのはきっと、私が困っていると思ったからだ。連れ出してくれたことに深い意味はないってわかっている。だけど、外に漏れちゃうんじゃないかってくらいに、自分の心臓がうるさく響いていた。

『え、わ、私!?』

『こ、小島くんは、進路どうするか決めてる……!?』

思わず声を張ったのは、騒がしい廊下を曲がって人気のない場所に着いた時だった。

──私もずっと小島くんの隣がいいな。……学級日誌を一緒に書いた放課後みたいに、本音を口走ってしまう前に、なんとかこの心音を落ち着かせたかった。

『進路？　う̄ん、まだはっきり決めたわけじゃないけど、この前の進路調査の紙は北高って書いて出したよ』

『北高って、けっこうサッカー強いよね？』

『うん。グラウンドもすげえ広いし、ナイター照明設備も完備してるんだ』

小島くんはサッカーの話をすると、瞳がキラキラする。北高は地元だから、うちのクラスでも志望校にしている人は多い。

『……私も北高にしようかな』

『高山は成績もいいし、もっと上の学校を狙えると思うよ』

……小島くんと一緒のところがいいという動機は、さすがに不純すぎるだろうか。

こういう時、私はとことん自分の意見がないなと思う。いや、意見というものを心に押し込む癖がついているせいか、いつの間にか自分の気持ちすらわからなくなっていた。

『ねえ、楓香。ああやって男子と二人きりで話さないほうがいいよ』

友達からそんなことを言われたのは、小島くんと別れて家庭科室に入った時だった。どうやら彼と話しているところをどこかで見ていたらしい。

『ほら、楓香って最近けっこう男子から人気あるじゃん？　名前とか呼ばれて嬉しいのはわかるけど、仲良くしすぎると誰にでもいい顔してるって思われるよ』

ひとりの女子の発言に、周りの子たちも『うんうん』と頷いている。名前を呼ばれて嬉しいなんて思ってないし、小島くんはただ私のことを助けてくれただけなのに……。

『小島も楓香のことを狙ってるから話しかけてるんだよ。思わせ振りなことをすると向こうも勘違いするから、気を付けたほうがいいよ』

『ち、違うよ。小島くんは……』

『うちらは楓香のために言ってるんだよ。わかるでしょ？』

私はここでも自分の意見を言えずに、弱々しく頷いた。

それ以降、小島くんと廊下ですれ違っても友達の視線が怖くて、できるだけ目を合わせないようにした。心臓が潰れそうなほど苦しかったけれど、私のせいで彼が悪く言われることだけは避けなければいけないと思った。

小島くんと話せないし、近くにいることもできない——そんな時だった。彼が部活中に大怪我をして、もうサッカーはできないという噂を聞いたのは。

■

「じゃあ、この荷物だけ持って帰るからね」

お母さんは私の洗濯物を抱えて、病室を出ていった。ひとりきりになって、窓の外に目を向ける。気づけば、ぽつぽつと雨が降り出した。小島くんの手紙に書いてあった蝦夷梅雨だろうか。

彼は結局、中三の夏前に部活を辞めた。引退試合に出ることができなかった小島くんの気持ちは誰も知らない。私は、彼に尋ねた。後悔はないのかと。このままサッカーを辞めてしまって本当にいいの?と聞いた私に対して、小島くんはこう言った。

——後悔なんてしたら、誰かを恨みたくなるだろ。そういう自分でいたくないんだ。

余命宣告を受けてから、私は幾度となくその言葉を思い出していた。いつまで自分が生きられるかわからない。もしかしたら、命の炎はすでに消えかかっているかもしれない。だけど、私も誰かのことを恨まない自分でいたい。

小島　悠人くんへ

わざわざレターセットを買ってくれてありがとう！
すごく可愛い犬のデザインだったから、届いた瞬間にほっこりしちゃった。

今日はこっちでも雨が降っています。
『エゾ』って言葉は北海道を意味するみたい。
だから北海道にいる動物の名前にエゾが付いているそうです。
札幌に円山動物園っていう場所があるから、いつか行ってみたいな。

私も小島くんと同じで、部活は入っていません。
帰宅部にかこつけて、学校帰りの放課後には友達とカラオケに行ったりしています。
埼玉では友達関係のことで色々あったりしたけど、こっちではうまくやっているので安心してね！

あ、そうそう。梅雨がないっていう話のついでに、埼玉と北海道の違いが他にもあるのかなって調べたら、七夕が違いました。

地域差はあるらしいけど、こっちの七夕は八月七日なんだって。

年に一回しか会えない織姫と彦星の距離って、どのくらい離れているか知ってる？

なんと16光年らしいです。

遠すぎて想像もできないけど、世界で一番の遠距離恋愛をしているのはこの二人かもしれないね。

ちなみに私と小島くんがいる場所の距離を調べたら、1150キロメートルでした。

16光年に比べたら近い？笑

ではでは、この辺で！

高山　楓香

◇

長雨が落ち着き初夏の香りがし始めた頃、私は一時帰宅が許されて、久しぶりに家で過ごせることになった。

「いただきまーす！」

居間のテーブルに並んでいるのは、お母さんとおばあちゃんが作ってくれた郷土料理。病院の食事も美味しいけれど、やっぱりお母さんたちが作ってくれた料理はホッとする味だった。

「楓香、また痩せたんじゃない？　楓香が好きないくらも醤油漬けにしておいたから、ごはんで食べるかい？」

「わあ、うんうん、食べる！」

おばあちゃんは何回も台所と居間を往復してくれていた。

こっちに引っ越してきて、この家でごはんを食べたのは、たったの数回だけ。最初は通院という話だったけれど、結局すぐ入院になってしまったし、こうして一時帰宅を許されるのも三か月に一回あるかないかだ。

この家で過ごすことができれば、もっと家族の時間が増えるけれど、私は心のどこかで入院になってよかったと思っている。私がいることで生活のリズムが崩れて無理をさせることもあるだろうし、近所には共学の高校があるから、ちょっと苦しくなる気がする。

自分と同い年の子が普通の学校生活を送っていて、中には恋をしている人もいるかもしれない。

学校は自分にとって、好きな人に会える場所だった。私は……それを手放した。もう二度と手に入ることはないし、小島くんと同じ場所にいられることも永遠にないのだと思うと、胸が詰まって息が吸えなくなる。

「楓香……顔色が悪いけど大丈夫？」

お母さんから心配そうに顔を覗き込まれて、私は全力で首を横に振った。

「大丈夫、大丈夫！　この甘露煮美味しいね！」

次々と料理を口の中に運ぶと、お母さんは安心したように胸を撫で下ろしていた。

お腹いっぱいになった後、太陽に照らされている縁側に向かった。網戸の先には、中腰で庭いじりをしているおじいちゃんがいる。少し高くなっている踏み石のところにサンダルが置いてあったので、それを履いて私も庭に出た。

「おじいちゃん、なにしてるの？」

声をかけると額に滲む汗を拭きながら、おじいちゃんが振り向いた。

「鉢植えで育てていた花を地植えしてるんだよ」

「地植えって地面に植えるってことだよね？　鉢植えのままじゃダメなの？」

「地植えのほうが根を深く張れるから、植物が大きく育つんだよ」

広い庭に咲いているたくさんの花は、すべておじいちゃんが種や球根から育てたものだ。普段は寡黙(かもく)であまり自分から喋ることはないけれど、趣味の園芸を楽しんでいる時だけは昔からお喋りになる。

「章仁(あきひと)くんも来月こっち来るんだろう？」

章仁は、私のお父さんの名前だ。

「うん。荷造りもほとんど終わったらしいよ」

お父さんは仕事の都合でまだ埼玉県にいる。単身で向こうに残るという選択肢もあるのに、お父さんは私たちが住んでいた一軒家を手放して来月から札幌で暮らすことが決まっている。

「部屋ならたくさん空いてるんだから、このまま章仁くんもうちで一緒に住めばいいのに」

「さすがにずっとってわけにもいかないし、家を探すにしてもこの近くの予定みたいだから、別々になっても気軽に行き来できるよ」

私がその家に帰れるかはわからない。病気になんてならなければ、色々なことが変わらずに済んだ。周りを巻き込んだまま、自分の人生だけが静かに終わりへと向かっている。

「楓香はこの花がなんだかわかるか？」

突然、おじいちゃんからそんなことを問われた。気づけば地植えが終わっていて、土の上には涼感のある青紫色の花が咲いていた。

「あ、この花って……」

それは、私が使っている小島くん宛てのレターセットに描かれている花と同じだった。

「この花は暑さや寒さ関係なく、水はけがいい場所で育てれば五年くらいは植えっぱなしで平気なんだよ」

「じゃあ、強い花なんだね」

「たしかに丈夫な植物ではあるけど、強いわけじゃない。この花に限らず、どんな植物でも弱い部分はある。人間と一緒だ」

「……人間と一緒？」

「ああ。だから楓香も泣きたい時は泣いていいんだよ」

おじいちゃんからそう言われて、私は唇をきゅっと結んだ。

……おじいちゃんは、私の弱さに気づいているのかもしれない。

お母さんだけじゃなくて、おばあちゃんも私のことでひどく心を痛めているし、いつもどおりに振る舞っていても、見えないところで泣いていることはわかっている。

だからこそ、私は家族の前では絶対に泣かない。いつか思い出す私の顔が、明るいものであってほしい。それが悲しみだけを残して死んでいく自分にできる、唯一のことだと思うから。

◆

蝉の鳴き声が、まるで空から降っているかのように響き渡っている。胸元にパンダマークが付いている作業服に腕を通した俺は、肌が焦げそうなほど暑い炎天下にいた。

「お前ら挨拶だけはちゃんとしろよ」

「「うーす」」

一緒になって間延びした声を出したのは、同じ服を着ている枝野だ。――『なあ、一緒にバイトやらん？』。そう枝野から唐突に言われたのは、一週間前のこと。

知り合いの先輩から誘われたらしいバイトの内容は、引っ越しの搬出の補助。簡単に言えば、梱包した荷物をトラックまで運ぶ作業だ。

期間は夏休みだけの短期で、時間の拘束もさほどない。かなりの重労働とはいえ、それを上回るほど時給が高かったため、俺はこうして枝野の誘いに乗ったというわけだ。

「金入ったら、悠人はなにする？」

運搬担当の俺たちはひとまず、今日引っ越しをする一軒家の前で待機することになった。気の早い枝野の頭は、もう給料のことでいっぱいらしい。

「別に、なんも」

「ナンパしに海でも行く？」

「行かない」

「七夕祭りは？　屋台の食い物を端から端まで制覇しちゃう？」

「そんなんに使うくらいなら、ゲームに課金するわ」

「なんだよ、つまんねーな。お前が興味あるのって、世の中にふたつしかないんじゃね？」

「ふたつってなに？」

「サッカーと高山さん」

枝野から言われた言葉に、俺はなにも言い返せなかった。

中学三年　七月

ちょうどこんなふうに蒸し暑かった中三の夏。引退試合となる最後の公式戦の前に、俺は足関節を捻挫した。怪我の原因は練習中に仲間から受けたスライディングだった。結局、怪我が治りきらずに公式戦は見送ることになり、引退試合もしないまま中学生活の部活を終えることになった。スライディングが故意だったと知ったのは、それから間もなくのこと。レギュラー落ちをした仲間からの嫉妬によるものだった。

最初はもちろん落ち込んだしショックだったけれど、俺の代わりに枝野が相当キレてくれたし、高山もそうだった。

『わざと怪我をさせるなんて、本当に許せないよ』

なんとなく避けられているような気がしていたから、高山から声をかけてもらって嬉しかった。

『中学ではこんな終わり方になっちゃったけど、小島くんには高校サッカーがあるよ』

『実は俺、このままサッカーは辞めようと思ってるんだ』

受けた怪我はだいぶ良くなったが、捻挫は一度してしまうと靱帯が伸びて、頻繁に再発する。それを繰り返すと歩行にも支障が出るかもしれないと医者から言われ、もうサッカーは続けないことを決めたのだ。

『……小島くんはそれで後悔しない？　このままサッカーを辞めて本当にいいの？』

『後悔なんてしたら、誰かを恨みたくなるだろ。そういう自分でいたくないんだ』

これは強がりではなく、これからも自分がサッカーを好きで居続けるための決断でもあった。

それから本格的な受験シーズンに入り、俺はサッカーを辞めても志望校を変えなかった。理由はいくつかあったけれど、一番は高山が北高を第一希望にしていたことだった。そして、無事に北高に合格。高山と同じクラスになることはできなかったが、同じ委員会に入ったことで俺たちの距離は驚くほど近くなった。

『小島くんちは逆方向なんだから、わざわざいいのに』

『もう暗いし、普通に危ないだろ』

委員会で遅くなる時には、彼女の家の近所まで送らせてもらうこともあった。そんな俺たちのことを付き合っていると勘違いしている人は一定数いるみたいだし、枝野からも『早く告れよ』なんて、からかわれる。ずっと高山に片思いしているとはいえ、彼女とどうなりたいか深く考えたことはなかった。だけど、もしも高山が他のやつと付き合ったら立ち直れないし、想像もしたくない。

『た、高山、あのさ……』

『うん？』

『えっと、や、やっぱりなんでもない！』

『えーなにそれ？』

『同中の友達とは、今どんな感じ？』

いざ告白しようとすると断られるのが怖くなり、話題を変えてしまった。中学時代、どことなく高山が無理をして友人関係を続けていたように見えていた女子も北高には何人かいる。

『うーん、今はね、そんなに仲良しじゃないよ』

彼女は小さな声で答えた。男子に比べて女子の世界のほうが複雑で厄介なことは、端から見ていてもわかる。だから、薄っぺらい言葉で励ましたり、慰めたりすることだけはしたくないと思った。

『俺はやっぱり、笑いたい時に笑えなくなってほしくないから、そういう友達とは離れていいと思う』

『うん』

『それにほら、高山には俺がいるし』

笑ってくれたらいいと思っていたのに、思いの外きょとんとされた。……あれ、もしかしてスベった？

『それって、いい意味で受け取っていいの？』

『え、あ、う、うん。すげえいい意味で言いました』

『ふふ、わかった。ありがとう』

高山の気持ちはわからない。だけど、わからなくてもいい。自分の気持ちはこんなにもはっきりしているのだから、いつか覚悟ができたらちゃんと伝えよう。そう思っていたのに……。

まさか、高山との別れが前触れもなくやって来るなんて、あの頃は想像もしていなかった――。

■

「今日は暑い中、わざわざすみません。良かったら飲んでください」

待機すること一時間。物腰の柔(やわ)らかい中年男性から、冷えた缶コーヒーを渡された。おそらく引っ越しを依頼してきた家主だろう。

お礼を言って受け取ろうとしたら、なぜか隣にいる枝野が動揺し始めた。

「え、高山さんのお父さん!?」

「はあ？」

急におかしなことを言い出す枝野に、思わず強めのリアクションをしてしまった。

横目で家の表札を確認するが、すでに外されている。

中学の頃、同級生のやつらの間で高山の家を見に行くことが流行(はや)っていた時期があった。俺の気持ちを知っていた枝野も友達に無理やり誘われて一回だけ行ったという話を聞いたことがあったけれど、不審に思った父親が家から出てきてしまい、逃げるように帰ったと言っていた気がする。

「もしかして君たちは、楓香の友達？」

その言葉に俺は目を見開いた。枝野の勘違いだと思っていたが、どうやら高山のお父さんで間違いないらしい。

「おーい、ちょっと誰か来てくれ！」

その時、家の中から先輩の声がした。玄関に近い場所にいた枝野が行ってくれたおかげで、俺は高山のお父さんとふたりきりになった。

「あ、えっと、俺、高山さんと同級生だった小島悠人って言います」

「楓香と同い年なのに引っ越しのバイトなんて偉いね。てっきり大学生くらいだと思ったから、ジュースじゃなくてコーヒーを渡しちゃったよ」

「い、いえ。コーヒーも飲めるんで大丈夫です！」

そう答えると、高山のお父さんはにこりとして目尻を下げた。笑った顔が高山とそっくりだったから、自然と心臓の鼓動が速くなる。

「あの、今って家族で札幌にいるはずじゃ……」

「札幌にいることを知ってるってことは、ひょっとして小島くんが楓香の文通相手かい？」

「え？」

「楓香が前の学校の子と手紙のやり取りをしてることは妻から聞いてるよ。あ、もちろん内容までは妻も知らないと思うからそこは心配いらないからね」

「え、あ、は、はい」

「それで引っ越しのことだけど、僕だけ仕事の都合がつかなくて、こっちに残っていたんだ。とりあえず妻と楓香を送り出した形だったから、家具もほとんど持っていけなくてね」

「……そんなに急な引っ越しだったんですか？」

「うーん、まあ、そうだね」

今までテンポよく喋っていた高山のお父さんが、わかりやすく口を濁した。

彼女が引っ越した理由を、俺はまだ知らない。それを手紙でも聞けずにいるのはきっと、なにも言わずに行ってしまったという寂しさが消化されずに残っているからだ。

俺にしか見せない顔で笑ってくれるたびに、自分が一番近い距離にいるつもりになっていた。だから、高一の冬休み明けの学校で担任から高山の引っ越しを伝えられた時には、膝から崩れ落ちそうになった。誰よりも近い場所にいると思っていたのは自分だけだったのだと。俺の世界はこんなにも高山でいっぱいなのに、彼女はそうじゃなかったんだって、どん底に突き落とされた気分だった。

怒っていた。本当は許せない気持ちもあった。だけど、今は違う。

「高山……楓香さんはちゃんと元気にしてますか？」

手紙の中の高山はいつも明るい。だけど、彼女が明るく振る舞うことが得意なことを俺はよく知っている。友達関係で苦しんでいた時も、高山は誰にも弱さを見せなかった。

「楓香は……うん、元気ってことにしておくよ。勝手に話すと怒られてしまうから」

高山のお父さんは、明らかに〝なにかある〟言い方だった。

俺はまだ高山のことを、なにも知らないのかもしれない。彼女がなにかを隠していたとして、俺にそれを知る資格があるのかどうかもわからない。だけど、好きな気持ちは簡単には消えない。唯一夢中になれたサッカーを今でも好きなように、高山への気持ちだってそうだ。

「あの、北海道って遠いですか？」

「飛行機だったら一時間半だよ」

「飛行機のチケットって、未成年でも取れますか？」

「取れると思うけど、親御さんの同意はあったほうがいいと思うよ」

「北海道に行きたいの？　それとも楓香になにか伝えたいことがあるとか？」

「そうです、よね」

「え、いや、えっと……」

「楓香への伝言なら僕が預かることもできるよ」

肩と肩が触れ合う距離にいたあの頃。勇気さえあれば、いつでも気持ちを伝えられたのに、俺はなにひとつ言葉にしなかった。

いつでも会えていたから、今日じゃなくていいと。次に会えた時にしようって、先延ばしにしていた。

「いえ、自分で直接伝えに行きます」

人づてではなく、手紙でもなく、１１５０キロメートル離れていても変わらなかった気持ちを、今度はちゃんと伝えにいく。

高山　楓香さんへ
返事を書くのが遅くなってごめん。
こっちは毎日猛暑日だけど、北海道はどうですか？
雪のイメージが強いからか、夏でも涼しそうな気がするんだけど、やっぱり埼玉にいた時とは違う？

高山の学校も今は夏休みだと思うけど、俺は今引っ越しのバイトを短期でしています。

炎天下の作業だからか、一気に体重が三キロも落ちたよ。

部活を辞めて運動不足だったから、逆にちょうどいいです。


前回の手紙に七夕のことが書いてあったけど、こっちでも毎年恒例の七夕祭りがあったよ。

枝野に行こうって誘われたけど、バイトの疲れもあって、その日は家で寝てました。

七夕って、なんで短冊に願いを書くんだろう。

北海道でもその風習は同じなのかな。

そっちの七夕はまだだろうけど、高山は短冊になんて書く？

俺は高山が引っ越してから、何度も過去に戻りたいと思ってた。
できるなら席が隣同士だった中学二年の時に戻って、授業中に起こしてもらったり、
教科書を見せてもらったり、当たり前に高山が俺の日常にいた頃になってほしいって、

思い続けていました。

だけど今は、過去に戻りたいとは思わない。

俺たちのいる場所が１１５０キロメートル離れているって聞いた時は途方もない距離だと思ったけど、この手紙だって数日後には高山のところに届くだろうし、そう考えればそんなに遠くないいんじゃないかと思ったりしてます。

俺はあの頃じゃなくて、今の高山のことが知りたい。


もしも迷惑じゃなければ、高山に会いにいってもいい？

小島　悠人

◇

「楓香ちゃんも良かったら一枚どうぞ」

飯塚さんから渡されたのは、七夕の短冊だった。病院のロビーに置かれている七夕飾りには、すでに多くの短冊が吊るされている。今、頭に浮かんでいる願いはひとつ。――病気がなくなりますように。

だけど、私の中にある腫瘍は日に日に大きくなっているし、もうすぐ余命とされている一年を迎える。

覚悟はできているつもりだ。それなのに……。

〝もしも迷惑じゃなければ、高山に会いにいってもいい？〟

その文字を見た時、涙がとまらなかった。泣くことを我慢するのは得意なはずなのにダメだった。

後悔を残さないためにこっちで暮らすことを選んだのに、私は小島くんに対しての後悔が数えきれないほどある。だけど、彼には会えない。会ってはいけない。だって私は〝あの日〟小島くんから逃げてしまったのだから。

高校一年　十二月

病気が発覚して二か月。家族会議の末に決まった北海道行きの話は着々と進んでいて、すでに学校にも伝えているけれど、私は小島くんに話すことができずにいた。

『日曜なのに、わざわざごめんな』

イルミネーションが輝いている道を歩く小島くんの横顔が、クリスマスカラーに染まっている。

　二学期の期末テストで赤点を取ってしまった彼は、冬休みに再テストを控えている。留年になったらその時はその時で考える、なんて少々投げやりになっている小島くんを見かねて、今日は私から図書館で勉強しようと誘ったのだ。

『今日やったところを頭に入れておけば、絶対にテストは大丈夫だよ。再テストっていつだっけ？』

『クリスマスの三日後。んで、大晦日の三日前』

『うわー先生たちもちょうどイベントがない時を選んでるね』

『だったら三学期にやればいいのに』

『三学期はそもそも日数が少ないからね。それにほら、年明けには全国模試もあるから先生たちも忙しいんだよ』

　冬休み明けの三学期、私はもう学校にはいない。病気のことは伏せたままにしても、引っ越すことは伝えるべきだ。でも、なかなか言葉にすることができない。どうでもいいことならすぐ言えるのに、なんで大事なことほど声に詰まってしまうんだろうか。

『あ、あのさ、高山。俺、絶対に再テスト頑張るから、そしたらまた時間を作ってくれない？』

　立ち止まった小島くんに合わせるように、私も足を止めた。

『次、会った時に大事な話があるんだ』

　彼は私のことをまっすぐ見ていた。お互いの顔がほんのり赤いのは、寒さでもイルミネーションのせいでもない。

　心臓の音なんて聞こえるわけがないのに、小島くんと同じ音だったらいいなと思ってしまう。

　今日、言わなくちゃ。私はもうすぐ、いなくなるって。だから、もう会えないんだって言わなくちゃいけないのに……気付くと静かに首を縦に振っていた。

　小島くんが嬉しそうな顔をして、また歩き出す。その背中を見つめながら、ぐっと唇を噛んで涙を堪えた。

　初めて、守れない約束をした。彼を悲しませるだけだってわかっているのに、どうしても次がないって言えなかった。だって、そんなことを口にしたら、きっと小島くんへの想いが溢れる。本当は離れたくないって、会えなくなることが苦しいって、全部全部、寂しさが溢れてしまうと思った。だから私は、言葉にすることから逃げた。

　ありがとう、さよなら、好きだよ。

　たくさん伝えたいことがあったのに、なにひとつ彼に告げることができなかった――。

■

「楓香ちゃん、最新の化学療法をやってみる気はある？」

主治医の先生からそんなことを言われたのは、午後の診察の時だ。すでにお母さんたちには話してあるという新しい治療法には、腫瘍の増殖速度を遅くする効果があるだけではなく、手術ができるくらいまで腫瘍を小さくすることができるらしい。

「じゃあ、その治療をすれば病気が治るってことですか？」

「あくまでこれは病気の進行を可能な限り食い止めて、楓香ちゃんの余命を延ばす治療だと思ってほしい」

「……どのくらい延びますか？」

「はっきりとしたことは言えないけど、長くて半年は延びる可能性がある。だけど、この治療法は臨床試験が始まったばかりで、どのくらい効果が出るかはわからない状態なんだ」

臨床試験という単語は、何度も聞いたことがある。新しい治療法の有効性を調べるために、その治験薬を対象とする病気の患者に提供すること。少しひねくれた言い方をすれば、私の体で効果を試すという意味だ。

「副作用は……どのくらいありますか？」

「他の投薬と違ってかなり強く表れるかもしれない。吐き気や嘔吐だけじゃなくて、髪の毛が抜けることも覚悟してほしい」

「………」

「もちろん断ってもいいんだよ？　楓香ちゃんの気持ちが一番大切だからね」

最新の化学療法を試したところで、私の体に効くかどうかはわからない。もしかしたら、苦しい闘病生活になるだけかもしれない。

だけどなにもしなかったら、ただこの場所で死を待つだけだ。

今まで病気の自分を受け入れようとしてきたけれど、本当はずっと……目を背けていた。どうにもならないなら、どうにかしようとする必要もない。私にできることは周りに心配かけないように、頑張らないでいることなんだって思ってた。

でも、私はまだ、頑張れる？

周りとかじゃなくて、誰かのためとかじゃなくて。

自分のために、まだ頑張ってもいいの？

「……私は、生きるために必死になってもいいんですか？」

「もちろん。それが楓香ちゃんの気持ちなら、必死になるべきだ」

「私、やりたいです。少しでも長く生きるために、その治療をやらせてくださいっ」

また好きな人に会うために、また小島くんに会えるように。私は諦めるんじゃなくて、生きることにしがみつきたい。

小島　悠人くんへ

私のほうこそ返事を書くのが遅くなってごめんなさい。

引っ越しのバイトは順調ですか？

そっちは暑いと思うので、熱中症にならないように気を付けてね。

そういえば、最近お父さんが少し遅れてこっちに来たんだけど、私のことを知っている男の子に引っ越しを手伝ってもらったって言ってたよ。

名前までは教えてくれなかったんだけど、もしかして小島くんだったりする？

北海道の夏は埼玉と比べると涼しいと思うけど、札幌でも今では３０℃超えが当たり前になっているみたいだよ。

こっちの七夕はもうすぐだけど、短冊はまだ書けてません。

こういうのって小さな願いを書いたほうが叶う気がするから、願い事を考えておこうと思います。

今の私のことを知りたいと言ってくれてありがとう。

でもね、私は小島くんに知られたくないと思っていることがあって、たくさんの嘘をついてる。

そうやって今まで手紙の中でも、私は小島くんを騙していました。

本音を言えば、ずっとずっと小島くんに嘘をついていたいし、元気な私だけを思い浮かべていてほしい。

だけど、綺麗な思い出だけで終わりたくない。

いつか本当のことを、小島くんだけには話したい。

そのために、私は前に進むことを決めました。

サッカーの試合には『ロスタイム』があるけど、私もその追加時間に賭けてみるよ。

小島くんに胸を張って会えるように頑張るから、もう少しだけ待っていてください。

高山　楓香

◇

彼から九通目の手紙の返事が届いた十二月――今日も札幌では雪が降っていた。新しい治療を始めて四か月。副作用は思っていた以上に強く、目覚めた瞬間から眠る時まで吐き気が続き、一日中洗面器を抱えて過ごすことも珍しくない。体重は怖いくらいに落ちて、髪の毛も少しずつ抜けている。

辛くない、と言えば嘘になる。だけど、私は命の期限とされていた一年を越えた。先生いわく、この治療はわりと私の体に合っているらしく、冬が終わる頃には副作用も落ち着くと言ってくれた。

長く生きるためなら、なんでもする。そんな私の覚悟とは裏腹に、お母さんは今日も泣きそうな顔をしていた。

「楓香、あまり無理はしないで」

両親は私よりも先に新薬の説明を先生から受けていたが、前向きなお父さんとは違って、お母さんは最後まで難色を示していたらしい。

効果があるかわからない治療への不安もそうだけど、一番はやっぱり副作用で苦しんでいる私を見たくなかったのだと思う。

「無理なんてしてないよ。今生きていられるのも、この治療のおかげだもん」

「それはそうだけど……」

「お母さんは私に長く生きてほしくないの？」

「生きてほしいに決まってる。でも楓香はいつも自分じゃなくて周りの気持ちを優先するから今の治療も誰かのために決めたことなんじゃないかって……」

たしかに私は、小島くんに会うために治療をすることを決めた。その覚悟として〝ロスタイム〟の話を彼に伝えた後、余命のことは伏せたまま、病気の治療をしていることも手紙で打ち明けた。本当のことを言えずに逃げてしまったあの日があるからこそ、もう逃げ道を作りたくなかったのだ。

「お母さんの言うとおり、私は今まで自分の気持ちを無視してた。お母さんを安心させるために無理して笑ってた時もあったし、周りが悲しむから辛い顔も見せないようにしてきた」

「楓香……」

「でも今はちゃんと見せることができている。誰かのためじゃなくて、私が生きることを選んだの」

正直な気持ちをまっすぐ伝えると、お母さんは優しく私の手を握った。重なり合っている手の甲に、お母さんの涙が落ちてくる。

「楓香が決めたなら、私は全力で支えるわ」

頑張る理由ができた。やっと頑張りたい理由が見つかった。小島くんの存在は、昔も今も私の光そのものだ。

小島　悠人くんへ

春の匂いがする頃になったら

私に会いにきてくれますか？

◆

『夢は会えない人ほど出てくるんだよ。だから会えてる人は出てこないの』

あの言葉どおり会えない人になってから、俺の夢に高山は毎日出てくるようになった。

だけど、もう夢で会えなくていい。

彼女がいる場所まで１１５０キロメートル。

俺は今日——その距離を越える。

羽田（はねだ）空港から一時間半。新千歳（しんちとせ）空港に着いたのは、午前十時三十分だった。

高山と手紙のやり取りを始めて早一年。俺たちは今日まで十二通の手紙を交わし、ようやく約束の日を迎えた。彼女との待ち合わせ場所は、札幌駅の南口。電源を切っていたスマホを開いて、バスがいいか電車がいいか、早く着くほうを調べようとしたら……。

「小島くん！」

到着ロビーで響く声に振り向くと、高山のお父さんが大きく手を振っていた。

「え、な、なんで……」

「行き違いにならなくてよかった。楓香から小島くんがこっちに来ることを聞いてね。あの時の引っ越しのお礼ってわけじゃないんだけど、車で送迎くらいさせてもらおうかなって」

「送迎って……いいんですか？」

「もちろん。楓香のために来てくれてありがとう」

俺は高山のお父さんの好意に甘えることにした。車が停めてある駐車場に行くと、冷たい北風に歓迎された。

三月の北海道はまだ地面に多くの雪が残っていたが、花壇(かだん)の植え込みに春の訪れを知らせる蕗(ふき)の薹(とう)が顔を出していた。

「小島くんは今日、日帰りなんでしょ？」

「はい。駅近のホテルが空いてなかったんで、夜の便で帰ります」

「今、観光客が多いからね。言ってくれたらうちに泊まってもよかったのに」

「い、いえ！　さすがにそれは……」

緊張して気疲れしてしまうかもしれない。

「あの、楓香さんの体調は大丈夫なんですか？」

体の具合が悪くて病院で治療をしていることは手紙に書いてあった。けれど、詳しい内容までは聞かされてなくて、高山からはひたすら『信じて待っていてほしい』とだけ伝えられていた。

「あの子がどこまで話しているかわからないけど、楓香は小島くんと会うためにここ数か月は本当に治療を頑張ってた。あの子にとって小島くんの存在が希望になっているんだろうね」

俺はずっと高山がなにも言わずに引っ越してしまった理由を、今日まで考え続けてきた。

もしかしたら彼女は、なにか大きなことを隠すために遠くに行ったのではないか。それは、高山がいつかの手紙に綴っていた〝ロスタイム〟の意味に繋がっているのではないか。彼女が誰にも言えない秘密を抱えているとしたら、色々なことが結び付く。だけど、本当のことを俺だけには話したいと言ってくれたことがすべてだから、俺も今日まで高山のことを信じて待っていたように思う。

札幌駅に着いた後、高山のお父さんにお礼を告げて車から降りた。目の前に広がっているのは、テレビで見たことがある星の大時計。周りは大きな建物ばかりで、すでに迷子になりそうになっている中、誰かに肩を叩かれた。

「小島くん、久しぶり」

振り返って、心臓がドキッとした。そこにいたのは、ずっと会いたいと願い続けていた高山だった。

「お、おう。久しぶり。髪、切ったんだな」

「うん、けっこう短くなっちゃって……。変かな？」

「変じゃないよ。短いのも似合ってる」

「本当？　よかった！」

元々小柄だった高山は、さらに体の線が細くなっていたが、笑った顔は一年前のまなにも変わってなかった。

「本当はね、そこのガラスドームの前で待ってたんだよ。でも小島くんってば、全然気づいてくれないから自分から声をかけちゃった」

「え、ご、ごめん」

「うそうそ。私が待ちきれなかっただけだよ。あ、お昼ごはんは時間的にまだだよね？　せっかくだから札幌っぽいものでも食べに行こっか」

スープカレー、ジンギスカン、寿司。思いつくものを頭の中で巡らせていると、高山は駅から五分くらい歩いたところにあるビルに入った。そこの地下一階に構える一粒庵というラーメン店だった。

「小島くんはなににする？　ここってね『元気のでるみそラーメン』が人気なんだよ」

「へえ、来たことあるの？」

「ううん、初めて。こっちに来て一年が経つけど、実は私もあんまり札幌らしいものを食べたことがないんだ」

食べたことがないんじゃなくて、俺には食べられなかったって言っているように聞こえた。

「じゃあ、今日は札幌らしいものを食べて、高山が行きたい場所に行こう」

「でも、小島くんだって行きたいところとか……」

「俺の目的は高山に会うことだから、もう叶ったよ」

話したいことも聞きたいことも山ほどあったけれど、一番はやっぱり高山の顔が見たかった。高山が楽しそうにしてくれたら俺も楽しいし、嬉しいと思ってくれたら、俺も嬉しい。

「……私は間違ってなかったな」

「え？」

「ううん、こっちの話。さあ、早くラーメン注文しよ。今日だけはいっぱい食べられる気がする」

俺たちはカウンター席に座って、味噌味と塩味のラーメンを半分ずつにして食べた。

店を出た後、駅に戻って地下鉄に乗った。二十分ほど揺られて着いたのは円山公園という駅。円山という地名に聞き馴染みがあると思ったら、これから動物園に入るらしい。

「円山動物園って、手紙に書いてあったところ？」

「そうそう。小島くんがどーしても見たいって言ってたエゾが付く動物がいる場所です」

「どーしても行きたいって言ってたのは、高山のほうじゃなかったっけ？」

「うーん、これは手紙の改ざん疑惑がありますね」

「後で検証しないとな」

お互いに顔を見合わせて、同時に噴き出した。月一の手紙だけで繋がっていた俺たちだけど、会えなかった時間が嘘みたいに笑い合えていた。

「駅のほうは雪が溶けてたのに、こっちはけっこう残ってるんだな」

エゾシカやエゾヒグマなどを見て回りつつ、園内に積まれている雪山が目に入った。

「円山動物園が森の中にあるからね。雪解けはもう少し先なんじゃないかな」

「さすが雪国。埼玉でも今年は二回くらい降ったよ。すげえべちゃべちゃのやつだけど」

「そういえば、中二の冬にグラウンドが真っ白になるくらいの雪が降ったよね」

「おー懐かしい。あった、あった」

「昼休みにみんなで雪合戦をした時、小島くんは他の女の子には容赦なく雪を当ててたのに、私には最後まで当てなかったね。普通の女の子なら優しいって思うのかもしれないけど、あの時は視界に入れてもらえてないような気持ちになって寂しかったんだよ」

高山に雪を当てることができなかったのは、視界に入っていなかったからじゃない。むしろ視界に入りすぎていて、わざと他の女子を狙った。好きすぎて、当てられなかったのだ。……そんなこと、高山が気にしていたなんて想像すらしてなかった。

「次の雪合戦の時には遠慮なく顔に当てていいですよ?」なんて言う彼女に向かって雪玉を軽く投げたら、見事に顔面に命中した。

「わっ、な、なに、冷たいっ！」

口に入ってしまったのか、高山は雪をぺっぺっと吐き出している。

「え、今のって雪合戦をしようって意味だろ?」

「ち、違うよ、私は次って言ったんだよ！」

「ごめん、完全にフラグだと思った……」

「許さない」

「本当にごめんって」

「えいっ」

まるで仕返しをするみたいに、彼女が俺よりも大きな雪玉を投げてきた。雪が口じゃなくて鼻に入った俺を見て、高山はお腹を抱えて大笑いしている。

「ね、ね、次はチュロス食べに行こ。カラスに狙われないように気をつけなきゃ！」

子供みたいにはしゃいでいる高山に、手を引っ張られた。今日は会えなかった一年ぶん楽しもうと決めていたのに、なぜか胸が詰まる。

嬉しいのに、切ない。楽しいのに、苦しい。彼女といられる時間が一分一秒惜しくて、このまま時間が止まってしまえばいいのにと本気で思った。

◇

恋はするものではなく、落ちるものという言葉がある。

じゃあ、私は一体いつ小島くんに落とされたのだろう。

『高山のノートって、すげえ見やすいな』

『え？』

『字、綺麗でびっくりした』

きっと、あの瞬間から。

私の世界に小島悠人くんという男の子が入り込んできて、いつの間にか目が離せなくなった。

周りの意見に合わせて、自分の気持ちすらわからなかったのに……。

彼に恋をして、見失っていた心が見つかった気がした。


空の色が変わり始める頃、私たちは札幌駅に戻ってきた。小島くんが帰るまで後二時間。最後はふたりで話し合って、さっぽろテレビ塔に行くことにした。高さはおよそ147．2メートル。エレベーターで一番上の展望台に向かうと、大きなガラス窓に札幌市街地の景色が広がっていた。

「わあ……すごい」

思わず、吐息のような声が漏れた。空はちょうど、昼と夜の半々。

黄昏色に染まる場所があれば、ぽつりぽつり宝石のように明かりがついている建物も見えた。こっちに引っ越してきてから外出もままならず、私の日常は大半が病院の中だけだった。

「小島くん、今日は本当にありがとう。小島くんのおかげで、すごくすごく楽しかった」

　体調が悪くてごはんが食べられなかった時も、薬の副作用で苦しんだ時も、体が痛くてたまらなかった時も、私はいつだって彼のことを思い出していた。私が今日まで頑張れたのは、小島くんがいてくれたからだ。

「私ね、脳に大きな腫瘍があるんだ。そのことに気づいたのは高一の十月だった。だから、引っ越した後も学校には行ってないし、本当は元気じゃなかった。手紙に嘘ばっかり書いてごめんね」

　隠していたのは、小島くんにバレたくなかったという理由の他にもうひとつある。手紙の中だけは、病気ではない私でいられた。学校に通って、放課後には友達と遊んだりもして。普通の生活を装うことで、病気の自分を忘れることができた。私は手紙の中でも、彼に救われ続けてきた。

「小島くんと最後に会った一年前の冬、もう引っ越すことが決まっていたのになにも言えなかった。きっときっと小島くんを傷つけた。そのことも、本当にごめんなさい」

　すると、彼は首を横に振りながら、そっと私の手を握ってくれた。

「俺のほうこそ勇気が出なくて、自分の気持ちを高山に伝えることから逃げてた。

もっと早く行動してたら、なにかが変わったかもしれないのに……」

　その言葉に、今度は私が首を左右に振った。

　たしかに私たちは、誰よりも近い場所にいた。心が通じ合っていると思う瞬間もあったけれど、お互いに〝なんとなく一緒にいる〟関係を崩そうとしなかった。だけど、私にとってあの頃の時間は、なにものにも代え難いかけがえのないものだ。叶うなら、小島くんにとってもそうであってほしい。

「きっと私たちは〝今〟だったんだと思う。今だから自分の気持ちに素直になれるし、大切なことにも気づけた。無駄なことなんて、ひとつもない。離れていた時間も私たちにとっては必要だったんだよ」

　彼の涙が、夕日に照らされて輝いている。ゆっくりと瞳が重なった後、小島くんは優しく私の体を抱きしめてくれた。

「ずっとずっと、高山のことが好きだった」

　想いを返すように、私も彼の背中に手を回す。

　一度は小島くんへの想いを忘れようと思ったけれど、今日までずっと大切にしてよかった。

　手放すことを選ばなくてよかった。

　間違わなくてよかった。

今だけは、病気や余命は関係ない。

この瞬間だけは、ただ恋をする自分でいたい。

「私も小島くんのことが大好きだよ」

同じ年に生まれて、同じ街で育って、同じ学校に行って、同じクラスになって、隣の席になった。偶然とは呼びたくない。必然なんて運命的なことを語るつもりもない。

――『高山、さっきはありがとう。お礼にしてはしょぼいけど、これあげる』

手のひらにのせてくれたリンゴ味の飴。あの時から、私の心の真ん中には小島くんがいた。

「ねえ、小島くん」

「うん？」

「一回だけ名前で呼んで」

「楓香」

「ふふ、悠人くん。私と出逢ってくれてありがとう」

◆

北高へと続く並木道が桜で色づく頃、俺は三年生に進級した。

新学年になったことでクラス替えが行われたけれど、周りの顔ぶれは去年とあまり変わらず、枝野とも引き続き同じクラスだ。

高山からの手紙は、もう俺の元に届くことはない。彼女の容態が急変して、そのまま息を引き取ったという連絡がきたのは一週間前のこと。電話で知らせてくれたのは、高山のお母さんだった。

あの日さっぽろテレビ塔を出た後、高山は病院に戻り、俺は行きと同じように彼女のお父さんが運転する車で空港まで送ってもらった。

帰り際に連絡先を交換したが、まさか最初の連絡が高山の訃報だとは夢にも思わなかった。俺が知った時には、すでに身内だけで葬儀を済ませた後だった。学生の俺に負担をかけないようにと、彼女の両親が気遣ってくれたのだと思う。

俺の記憶の中にいる高山は、今も笑顔のままだ。だからなのか、いまだに彼女が死んでしまったという実感がない。

また手紙を書けば、返事をくれるのではないか。月に一回のやり取りをして、また彼女に会いにいけるんじゃないかって、そんなことを思い続けてしまう。

……ガシャンッ。俺は家に着いてポストを開けた。学校から帰宅して真っ先にポストを確認してしまう癖は、当分直らないだろう。親宛ての郵便物を重ねて取ったところで、一枚の手紙が足元に落ちた。

ドクンっ。手紙を見た瞬間に、体が熱くなる。

届くはずがない。頭ではわかっているのに、その手紙は高山がいつも送ってくれる青紫色の花の封筒だった。

心臓の音が騒がしい中、手紙を握りしめて、自分の部屋へと階段を駆け上がった。

間違いではないことを確かめるためにもう一度手紙をよく見ると、そこには『配達指定日』というシールが貼られていた。

指定されている配達日は今日。切手の上に捺されている消印は十日前になっている。

それはまだ高山が生きていた時。

「……十日前って、俺たちが会った次の日？」

もしかして、俺と会った後に書いたんだろうか？

また心臓の鼓動が速くなる。もう二度と届くことはないと思っていた十三通目の手紙。俺は深呼吸をしながら、ゆっくりと便箋を開いた。

小島　悠人くんへ

へへっ、びっくりした？

私は今、小島くんと会った日の夜にこの手紙を書いています。

今日は札幌まで会いにきてくれて本当にありがとう。

まだ夢みたいな気持ちが続いているくらい、小島くんと一緒にいられて嬉しかったよ。

この手紙が届く頃には、小島くんは三年生になっているね。

これからどんな大人になっていくのかな？

小島くんの未来が明るいことを心から願っています。

実はまだ小島くんに言っていないことがありました。

私たちが同じクラスになる前の中学一年生の時、体育祭で怪我をした小島くんが救護テントに来ました。

保健委員だった私が小島くんを手当てしたんだけど、その時なんて言ったか覚えてる？

『ありがとう。ガーゼ巻くの綺麗だな』

普通だったらうまいって言うのに、小島くんは綺麗だって言ってくれたんだよ。

字を褒めてくれた時もそう。小島くんは上手なところじゃなくて、綺麗なところを見つけてくれる。

小島くんの怪我を手当てした時から素敵な人だなって思っていたから、中学二年生で隣の席になれて本当に嬉しかったです。

小島くんはサッカーを辞めた時、誰のせいにもしなかったね。

そんな小島くんを見ていたからなのか、私も病気のことを誰のせいにもしないでいられた。

だから今も私の心はとても穏やかです。

全部をここに置いていくつもりだったけど、小島くんを好きな気持ちだけは、空まで持っていこうと思います。

小島くんに恋をして、私はすごく幸せでした。

PS・いつも手紙に描いてあった花はなんでしょう？

高山　楓香
「……っ、」

彼女は誰よりも自分の終わりを知っていた。だからこそ、こうして最後の手紙を残してくれた。

——いつも手紙に描いてあった花はなんでしょう?

そんなの、とっくに調べている。彼女が使っていた便箋に描かれた青紫色の花はアガパンサス。

花言葉は『ラブレター』。

もう返事を書くことはできないけれど、俺のほうこそ高山を好きになって幸せだったし、その気持ちはいつまでも消えることはないと思う。消えないまま、ずっとずっと大切にしたい。

『私と出逢ってくれてありがとう』

俺は十三通目のラブレターを抱きしめた。悲しいし、寂しいし、涙も出るけれど、会えなくても、ちゃんと心は繋がっている。

1150キロメートルじゃなく、これからは誰よりも近い場所で。

君とともに生きていく

望月くらげ

第一章

蝉の鳴く声は聞こえなくなったものの、日差しの強さは真夏と大差がなく、歩いているだけで汗が頬を伝い落ちる。

私は帽子を深く被り直すと、この場所を立ち去りたい思いから足早に病院のロータリーを歩く。あまり急ぐと心臓に良くないとわかっていたけれど、ここにいるのを誰かに見られる方が嫌だった。

大きく音を立てる心臓を、服の上からギュッと押さえる。良くなっていないだろうと思っていたけれど、こぼれてしまったインクがひとたび布に染み込めば、もう元の白さには戻らないように、私の心臓も静かに、そして少しずつ症状が悪化していた。

「ほんっと、最悪……」

拡張型心筋症と診断されたのは小学六年の冬だった。体育の授業中、突然心臓が苦しくなり倒れてしまった私は、運ばれた病院でそう告げられた。

それがどんな病気かはわからなかったけれど、医者の深刻そうな表情と母親が崩れ落ちたのを見て、大変な病気になってしまった、と思った。

あれから四年。中学校は入退院を何度も繰り返しながらなんとか卒業し、私は高校一年生になっていた。

定期検診のために大学病院へと来るのももう慣れた。『梨乃ちゃん、なにかあったらすぐに救急車を呼ぶんだよ』という医師の言葉と、発作を抑える薬をもらうためだけに月に一度通っている。

早く帰ってゆっくりしよう。始業式が終わり、明日からは二学期の授業がはじまる。学校の準備もしなくちゃいけない。

「きゃっ」

その瞬間、ザザッと音を立てて木々が揺れるほどの風が吹き抜けた。顔を背けた拍子に、帽子が風にさらわれ吹き飛んでしまう。

「え、嘘でしょ」

どこに行ってしまったのかと辺りを見回すと、帽子はロータリー横にある街路樹の、私の背丈では確実に届かない位置に引っかかっていた。

よじ登ることなんてできない。背伸びをしても届くはずがなく。

「……ジャンプしたら、届くかな」

腕を目一杯伸ばして飛び上がる。顔を隠すために被っていたとはいえ、一目惚れして買ったお気に入りの帽子だ。取れるのなら取りたい、のだけれど。

「……っ、く……う……」

何度目かのジャンプのあと、私は思わずその場にうずくまる。心拍数が上がり、呼吸が、そして胸が苦しくなる。飛んで行ってしまった自分の帽子さえ満足に取ることもできないポンコツな心臓に悲しくなった。

もう、いいや。どうせ取れるわけない。プラネタリウムを映したような星柄帽子。気に入っていたけれど、また新しいのを買おう。今度は安くて飛んで行ってもどうってことのないものを。

諦めるのにはもう慣れた。病気が発覚してから、たくさんのことを何度も何度も諦め続けてきた。遊ぶことも、どこかに行くことも、なにかを失うことも。そして、生きることも――。

「え、だ、大丈夫ですか!? って、え? 若山!? 久しぶり……って、それどころじゃないな。大丈夫か?」

うずくまったままの私の頭上から、誰かの慌てたような声が聞こえた。その声の主は驚いたように私の名前を呼ぶと、すぐそばにしゃがみ込む。

視線だけそちらに向けると、クラスメイトの榊日向の姿があった。

「さ……か、き? なん、で……」

苦しさの中にほんの少しだけ、それまでとは違うドキドキが混ざる。

「大丈夫か? 病院に戻る? それとも誰か呼んでくる?」

どうして大学病院に榊が？　そんな疑問が湧き上がったものの、私の背中をさすりながら言う榊から顔を背けた。一番見られたくない人に見られてしまった。

「若山ってば！」

「うる、さい。いつもの発作だから、大丈夫」

安静にしていれば、そのうち治まるはずだ。それでも無理ならカバンに薬が入っている。病院に戻るほどのことではない。

「それならいいけど……。それにしても、まさかこんなところで会うなんてな」

納得したようなしていないような声で榊は言うものの、私のそばを離れない。さっさといなくなってくれればいいのに。こんなふうに同情されるのは情けなくて恥ずかしくて、みっともない。

追い払うだけの気力はなくて、されるがままになっているのも悔しい。

「なあ、若山」

けど、榊はそんな私の気持ちなんて知らないままのんきに喋る。

「あそこの木に引っかかってる帽子って、もしかして若山の？」

「……なんで」

「なんでって言われても。若山ってああいう星柄好きだろ？　ほら、小学校の時の遠足も星柄のリュックサックを大事そうに背負ってさ」

「そうだっけ」

会話を終わらせたくてとぼける私に、榊はクシャッと笑う。

「そうだよ。まさか忘れたのか？　あんなに何度も嬉しそうに俺に見せてきたのに」

「それは……」

覚えていない、わけがない。でも、忘れていてほしかった。

楽しそうに思い出話をする榊に今は苛立ちさえ覚えてしまう。そんな思い出、全部忘れてほしい。

取り乱しそうになるのを必死に堪えると、小さく息を吐いた。

「私のだったら、なに？」

「なにって……」

なにか言いたそうな榊に、私は淡々と告げた。また少し胸の苦しさがぶり返したけれど、どうでもよかった。

「もういいの。あんな高いところ取れないし」

ジャンプなんかしても取れるわけがなかった。目測を誤って、こんなふうに苦しくなって、しかも榊に見られてしまうぐらいなら、初めからなにもせずに諦めていればよかった。

「取ろうと無理なんてしなきゃよかった。あんなの、別に……」

「大切なものなんだろ？　それを『あんなの』なんて言うなよ」

不機嫌そうに言ったかと思うと、榊は近くにあった石を拾った。

「そんなすぐに諦めることないじゃん。それに」

手に持った石を投げるけれど、上手く当たらない。

「くそっ」

二度、三度と試してみるけれど、枝や葉が邪魔をして帽子に当てて落とすのは難しそうだった。

「ほら、やっぱり無理だよ。もう諦めてくれて大丈夫だよ」

「嫌だね……っと」

その瞬間、パシュッという今までとは違う音がした。それは榊の投げた石が、帽子に命中した音だった。

その衝撃で帽子はヒラヒラと木から落ちて、榊の手の中に収まった。

「嘘……」

「よっしゃ」

見事落とした帽子を、榊は私の頭に被せてくれる。帽子越しに、榊の手のぬくもりを感じた気がした。

「自分ひとりじゃ無理でも、誰かに頼ればできることだってあるんじゃないの？」

「……そんなこと」

「諦めなければどうにだってなるんだよ」

顔を上げると、帽子のつばの向こうに笑みを浮かべる榊が見えた。その笑顔が妙に腹立たしくて、私は勢いよく立ち上がった。

「っと、ビックリした。もう大丈夫なのか？」

私は返事をすることなく歩き出す。

諦めなければどうにだってなるなんて能天気に言う榊にどうしようもなくムカついた。病気が発覚してからずっと、毎日心臓が治るようにと祈ってきた。苦い薬にもつらくて寂しい入院生活にも耐えてきた。元気になってまたみんなと同じように学校に行きたいと思ってた。

でもそんな思いを嘲笑うように、年々心臓の苦しさは増していく。薬の量も増えて、日常生活を送るために必死に頑張らなければならない。

榊は知らないから言えるんだ。自分の心臓がいつ限界を迎えて死ぬかもしれない、そんな恐怖に耐えながら毎日を過ごしている人間がいることを。

「お、おい。待ってよ」

「ついてこないでよ。お見舞いかなにか知らないけど、私に構わないで！」

振り返り言葉を吐き捨てる。キツく言い過ぎたかもしれない、と心配になったけれど、榊はなぜか笑顔で私を見ていた。

「なに？」

「俺さ、ここに爆弾を抱えてるの」

「は……？」

「脳腫瘍ってやつ」

ニコニコと笑みを浮かべながら、昨日の晩ご飯の話をするようなトーンで榊は言う。けれど、ピストルの形を作ったその手は、まるで銃口を自分のこめかみに向けているように見えた。

「ちょっと前に頭が痛くて近くの病院に行ったらさ、うちじゃどうにもできないからここに行くようにって言われてさ」

榊の言う病院には覚えがあった。そこそこ大きくて、小児科も整形外科も入っていたから、だいたいなにかあるとみんなあの病院に行っていた。流行病に罹って小児科に行くと、クラスメイトと会うなんてこともよくあった。

でも、あそこでどうにもならないって言われるって……。

「転んだりなにかにぶつかったりしたら頭の中でバーンってなるらしくて。困っちゃうよなぁ」

「まさか、本当に？」

「嘘みたいだろ？」

「嘘、じゃないんだよね」

「どっちだと思う？」

のらりくらりとかわすように言われ、本気で心配した自分が馬鹿らしくなった。

「もう帰るから」

「一緒に……」

「ついてこないで！」

今度こそ榊を置いて、私は大学病院の敷地をあとにした。

本当に頭の病気だったらあんなにあっけらかんといられるわけがない。だからきっとからかわれたんだ。

私は、自分の心臓がいつだめになるのか、怖くて怖くて仕方がないのに。

「あ、そういえば」

苦しさに紛れて『いつもの発作』だと榊に言ってしまったことを思い出す。

心臓の病気のことは誰にも言っていない。どうしても理由が必要なときは『持病があって無理ができない』ということだけ伝えている。気を遣われるのも嫌だし、悲劇のヒロインにもなりたくなかった。

もしさっきの発作で、榊になにか気付かれたら。

「……まあ、大丈夫か。発作って言ったって他の病気だっていくらでもあるだろうし」

見られたのが榊だと言うことが気にかかったけれど、きっと大丈夫なはずだ。

病院を出ると、ランドセルを背負った小学生たちが私の隣を駆けていく。あんなふうにいつまでも無邪気に、明日に対してなんの不安もないまま走り続けていられたら、もっと違う今があったのかもしれない。

そう思うと自分自身が可哀想に思えて、胸の奥が少しだけ苦しくなった。

第二章

学校の中では皆平等です、そんな薄っぺらい言葉を先生たちは言うけれど、実際は目には見えない明確なラインで線引きされている。

教室の真ん中で楽しそうに大きな声で話しているのは榊を含む男女六人のグループ。賑やかで騒がしいけれど、文化祭や体育祭で率先してクラスを引っ張ってくれるので人気もあるし先生たちも多少のことは「しょうがないな」と笑って見逃している。その次に地位が高いのは運動部の男女。仲間に囲まれ明るい人が多い印象。次は部活より勉強がメインだったり静かに過ごしたりするのが好きな子たち。

私はどっちかというとこっち側にいて、榊たちのグループとは対局の位置。共通点と言えば、同級生で同じクラスというぐらいだった。

教室どころか、高校に入ってから一度も榊と関わることはなかった。

昨日の放課後までは――。

三時間目の休み時間。榊たちは誰かの机の上に座るとゲラゲラと笑い転げている。

「ああっ」

思わず声が漏れてしまう。だって榊ってば、ふざけた女子に頭を小突かれている。笑っているからあれぐらい大丈夫なのかもしれないけれど、見ているこっちがヒヤヒヤしてしまう。

昨日の榊の言葉が嘘か本当かなんて私にはわからない。でも、嘘だったとしても脳腫瘍なんて聞いてしまったものだから、いちいち榊の行動が気になって仕方がない。

「――ねえねえ」

「え?」

ふと気付くと、私の後ろの席に座っていた友人の植村鈴音がトントンと肩を叩いていた。振り返ると、なぜかニヤニヤとしながら私を見ている。

「どうしたの?」

「どうしたの、は私のセリフ。梨乃こそ、どうしたの? 朝からずっと榊のことばっかり見つめて」

「みっ、見つめてなんか！」

慌てて否定するものの、にんまりと笑ったまま鈴音は「わかってるって」と首を振る。いや、この顔は絶対にわかっていない。

「まあ、榊ってばカッコいいもんね。大丈夫、私しか気付いてないから安心して！」

鈴音の言う通り、窓際の後ろから二番目の席に座る私の視線に気付くのは、そのさらに後ろの席に座る鈴音だけだ。ここじゃなければ他の人にも榊を気にしていたことがバレてしまったかもしれないと思うと、凶暴なほどの太陽の熱さを感じるこの席も悪くはないのかもしれない。って、そういう話じゃなくって。

「それで？　いつから好きなの？　夏休みになにかあったとか？」

興味津々とばかりに鈴音は尋ねてくるけれど、本当になにもない。ただ私は見られたくないところを見られ、その上榊の秘密を知ってしまった。それだけだ。

「違うってば。あの辺のグループの子たち、みんな元気だなって思って。私は暑すぎてもうだめ」

ノートで仰いでみせると、鈴音は「たしかに」と苦笑いを浮かべた。

「榊はもちろんだけど、綾瀬さんとか橋原さんとか、メイクもバッチリで可愛いよね。尊敬しちゃう」

嫌みのない言葉で言う鈴音は、うっとりとした表情でふたりの女子を見つめていた。

無事にごまかせたかなと安心していると、鈴音は私の方に顔を向けた。

「で？　なにがあったの？」

「だからなにもないってば。強(し)いて言うなら、昨日の放課後、駅の近くですれ違ったぐらい」

「駅？　あれ、榊の家って、私たちの通ってた小学校の近くじゃなかったっけ」

「そうそう、大きい公園の辺り。よく覚えてるね」

否定ばかりしていても勘ぐられそうだったので、少しだけ本当のことを混ぜた。鈴音は私の言葉になにかを思い出したのか懐かしそうに頷(うなず)いた。

「そうだ、公園。遊んでて喉(のど)が渇(かわ)いたらみんなで榊の家に行ったよね」

「……そうだったっけ」

とぼけてみせる私に、鈴音は「そうだよ！」と力強く首を縦に振った。

「忘れちゃった？　梨乃ってば、小学校の頃は榊と仲良かったじゃん。懐かしいなぁ。中学までは持ち上がりだったけど、高校でみんなバラバラになっちゃったもんね。うちの学校に進学したのだって私と梨乃と榊と――」

「四年も前のことだし、もう覚えてないや。あ、先生が来たからまたあとでね」

鈴音はなにか言いたそうにしていたけれど、私はそれ以上話を続けることなく身体を机の方に向けた。

教卓の向こうでは少し早く来たらしい数学の教師に綾瀬さんたちがなにかを話しかけていた。

視界の端には榊の姿が入る。相変わらずヘラヘラと楽しそうに笑う姿にどうしようもなく苛立つ。

私ばかり気にしているみたいだ。病人だというのなら、病人らしく大人しく、しおらしくしていればいいのに。

「ほんっとうに、ムカつく」

呟(つぶや)いた言葉は、教室に鳴り響いたチャイムにかき消された。

昼休み、私は渡り廊下を歩く榊の後ろをつけていた。いい加減にしてくれないと、いつまでも榊のことが気にかかって仕方がない。脳腫瘍の話が嘘なら嘘だと言ってほしいし、本当なら頭に気をつけて行動してほしい。

そう文句をつけようとついて行っているのだけれど、榊はいったいどこに行くつもりなのか――。

「ねえ、俺になにか用？」

「へっ？」

突然立ち止まったかと思うと、榊はくるりと方向を変えた。

「ずっとつけてたでしょ。さすがに気付くよ」

「そ、そんなことするわけないでしょ！　ちょっと自意識過剰じゃない？」

ふんっと鼻を鳴らしながら私は視線を逸らすように顔を背ける。けれど榊はそんな私を見て、呆れたように肩をすくめた。

「バレバレだって。今日も午前中ずっと俺のこと見つめてたし」

「なっ、なんで……」

「背中に視線が突き刺さって痛いぐらいだったから」

「嘘！」

「嘘だけどね」

クスクスと笑う榊の表情から、からかわれたことがわかって恥ずかしくなる。

というか、榊のことを気にしているのも、こうやってあとをつける羽目になったのも全部榊が悪いんだから。謝られることはあったとしても、からかわれる筋合いなんてないはずだ。

「そうだよ、全部榊のせいなんだから」

「は？　俺？」

「脳腫瘍、とか言うから……」

周りに人がいないことを確認して、それでも誰かに聞かれることが怖くて声をひそめて私は言った。

けれどそんなふうに気にしているのは私だけなのか、榊はなんでもないような顔をしてケロッと言う。

「それで気にしてくれてたの？　やっさしい」

「は？　べ、別に優しくなんかないよ。ってか、病気だって言うならもっと病人らしくしてた方がいいんじゃない？　それとも脳腫瘍って話、嘘だったの？」

「嘘じゃないよ。そんなこと嘘ついてどうするの」

さらりと言われた言葉に一瞬たじろいでしまう。黙ってしまった私をよそに、榊は話を続けた。

「それで？　病人らしくってどういうこと？」

「だから……！　騒いだりとか小突き合ったりとかせずに、大人しく静かに過ごした方がいいんじゃないかってこと！」

言い切ってから、声を荒らげてしまったことを恥ずかしく思う。自分でもどうしてこんなに必死になっているのかわからない。

でも脳腫瘍なんて言う大病を患っているはずの榊が、ひょうひょうとのんきにいるのが無性に許せなかった。少しぐらい不自由な思いをすればいいとさえ思ってしまった。なのに。

「なんで？」

心底不思議そうに、これっぽっちもそんなことを考えたことがなかったというかのように榊は首を傾げた。その態度が余計に私を苛立たせる。

「なんでって、だって脳腫瘍なんでしょ？　だったら！」

「病気だからってなんで大人しくしなきゃいけないのさ。まあ走ったり暴れたりはできないけど、でも病気を理由になにもかもを諦めなきゃいけないなんて決まりはないよね」

「そうかもしれないけど」

「それに、このまま大人しく死ぬつもりなんてないし」

「は？」

ふふんと鼻を鳴らしてみせてから榊は話を続ける。

「脳腫瘍だって言われたし余命も宣告された。でもさ、だからって確実に死ぬなんて決まってないだろ？」

「余命まで宣告されてるのに？」

「余命なんて今の時点で、過去の事例と比較して、ってことでしょ。もしかしたらある日突然腫瘍が消えて完治するかもしれない。画期的な治療法が発見されるかもしれない。なのに、未来に怯えてやりたいことを諦めるなんて俺は嫌だね」

榊の言葉に、私はなにも言い返せなかった。

そんな考え方をしたことなんて今まで一度もなかった。あの苦しさの前では、未来も希望もなくて、ただ死を待つしかない。

「そんなこと思ったって、どうせ死ぬんだから無駄だよ」

「無駄かどうかは俺が決めることだから」

どうにか絞り出した返事は、あっさりと反論されてしまう。シャットアウトするような言い方に、お前には関係ないと線引きされたような気がして恥ずかしさが込み上げる。

「あっそ！　好きにしたら！」

だからつい吐き捨てるように言ってしまった。

榊の言う通り、榊がなにを考えてどんなふうに思っていたとしても、それは私には一切関係ないことなのに。

もういい。榊には関わらないでいよう。これ以上一緒にいたら、自分の心がかき乱されてしまう。

榊に背を向けると、教室に戻るために私は歩き出した。はずだった。

「なに」

進めなかったのは、榊が私の腕を掴(つか)んできたから。

振り返ると、榊はにんまりと笑みを浮かべていた。

「好きにしようと思って」

「は？」

「好きにしたらって言ったでしょ。だから今日一緒に帰ろうよ」

一瞬、なにを言われたのか真剣に理解ができなかった。さっきの流れでいったいどうして一緒に帰る話になるのか。

「ね、いいでしょ？」

「嫌だ」

「えー、どうして」

「どうしてって、逆になんで一緒に帰らなきゃいけないの」

別に仲良くもないのに、と付け足す私に榊は「冷たいなー」と笑う。

「いいじゃん。どうせ帰る方向、一緒なんだし」

「そういう問題じゃなくて」

「それに俺、仲良くないなんて思ってないし。幼馴染(おさななじ)みでしょ、俺ら」

ぐっと言葉に詰まる。幼馴染みの定義なんて知らないけれど、小学校一年生から六年生まで一緒のクラスだった、と聞けば幼馴染みだと感じる人は多いかもしれない。

榊とは学校の外でもずっと一緒だった。おしゃべりに夢中になって外が真っ暗になるまで遊んで怒られたこともあった。お小遣いが足りなくて、ふたりでひとつのアイスを買って半分こしたこともあった。榊となら、なにをしても楽しかった。ずっとずっと隣にいたいって思ってた。榊のことが、好き、だった。

それでもそんな過去を、今はもう認められなくて、反論してしまう。

「幼馴染みだったとしても、それは過去の話でしょ。今は交流のないただのクラスメイト。それ以上でもそれ以下でもないから」

きっと榊ならヘラヘラと言い返してくると思っていた。なのに、黙ったまま俯いたかと思うと、顔を上げた榊は寂しそうに笑っていた。

「あ……」

言い過ぎた、のかもしれない。どうしようと思うものの、どうしようもないこともわかっている。一度口から出た言葉はもう元には戻らない。

でもこれできっと榊も私に近づかなくなるはず。そう思ったのに。

目の前に立つ榊は、なぜか私の腕を掴んだ手に力を込めた。

「なに――」

「一緒に帰ってくれないなら、若山と手を繋いだまま教室に戻ろうかな」

「え？　は？」

「そしたらみんなビックリするだろうなぁ」

そんな状態で教室に戻れば、ううん、教室に向かう廊下でもたくさんの人に見られるに違いない。そうすればきっとみんな勘違いするだろう。私と榊が付き合っているって。

ニッコリと笑顔を向ける榊が、悪魔のように見えた。

「……手、放して」

「一緒に帰る？」

「…………」

「帰るよね？」

頷く以外の選択肢は、私に与えられていなかった。

帰りのホームルームが終わり、運動部の子たちが一斉に教室を出て行く。普段なら人の流れが落ち着いてから教室を出るのだけれど、今日ばかりはそうも言っていられない。

結局、榊に押し切られる形で一緒に帰ることを約束させられてしまった。六時間目が終わったあと、念押しまでされたのを思い出し頭が痛くなる。

でもいくら榊だって、その場にいない人と帰ることはできない。隣の席の男子が立ち上がったのとタイミングを合わせて私も席を立つと、後ろの扉からそっと教室を抜け出した。

榊は私がいなくなったのに気付いていないのか、他の女子と喋っていた。もしかしたら一緒に帰ると言ったことさえ忘れているのかもしれない。

「まあ、どっちでもいいや」

それよりさっさと家に帰ろう。なんだか今日は疲れた。こんな日はきっと早く休んだ方がいい。

ため息を吐いて静かに歩き出す。榊が追いかけてくることもなく、昇降口へと辿り着く。このまま帰れば――そう思っていると後ろから誰かが呼び止めた。

「なにしてるの？」

恐る恐る声がした方を見ると、教室にいたはずの榊が立っていた。

なにか言いたそうにしている榊から顔を背けた私は、足早に昇降口から外へと出ようとした。こんなときでも走ることさえできないなんて。苦々しく思った瞬間、後ろから腕を掴まれた。

「捕まえた」

「……なに」

私の腕を掴んだまま隣に並ぶと、榊は笑顔で話す。

「俺のこと置いて帰ろうとしてるのが見えたから、先回りして待ち伏せちゃった」

「べ、別に置いて帰ろうなんて」

「してない？　ならよかった」

笑みを浮かべた榊がなにを考えているのかわからない。ただ、ひとつだけわかることは。

「じゃあ一緒に帰ろうか」

捕まってしまった以上、逃げることもできない。私の心臓がポンコツじゃなければ、走って逃げられたのに、と悔しく思う。

結局、榊に連れられるまま自宅までの道のりを歩き始めた。


「そのシーンでヒーローがさ――」

帰り道、榊は面白おかしく最近見たという映画の話を聞かせる。タイトルさえ知らない映画の話なんて聞いたって退屈なはずなのに。

「そのあとビルの屋上から飛び降りて！」

「えっ⁉」

なのに、榊の話を聞くうちに興味が出てくるから悔しい。私が反応したことに対して、榊は嬉しそうに笑う。

「それでどうなったと思う？」

「どうなったかなんて知らないよ」

「気になる？」

「別に！」

言いながら、自分でも強がっていると気付いていた。榊の話は楽しくて、つい先が気になってしまう。うるさいぐらいに思っているはずなのに、興味を持ってしまう。

「じゃあ、教えない」

「……あっそ」

「なんてね」

クスクスと榊は笑う。子どもの頃と変わらない笑顔で。

こうやって話をしていると、まるで小学生の頃に戻ったかのような錯覚をしてしまいそうになる。戻れるわけなんてないのに。戻るつもりも、ないのに。

榊の話を聞きながら歩いていると、やがて昔通っていた小学校が見えた。ここを榊は右に、私は左に曲がる。学校を挟んで正反対の位置にお互いの家があるので、遊ぶときはいつもこの場所で待ち合わせをしていた。榊が来るのをまだかなと背伸びをして遠くまで見通して、姿が見えたら嬉しくて大きく手を振って。榊が私に気付いて笑顔になる瞬間が大好きだった。

でも、今はもう――。

何度も待ち合わせをした小学校前で、榊とはお別れだ。

「それじゃあ、また学校で」

気まずいだけかと考えていたけれど、思ったよりも榊と帰る時間は楽しかった。

もっと話を聞きたいと少しだけ思ったのは秘密だ。

「ねえ」

自宅の方向へと歩きだそうとする私の背中に榊は言う。

「明日も一緒に帰ろうよ」

「やだ」

即答する私に、榊は「えー」と不満そうな声を上げた。

「なんで嫌なの」

「だって一緒に帰る理由なんてないもん」

「俺が一緒に帰りたいんだよ」

サラッと言う榊の言葉に、ほんの少しだけ心臓がドクンと跳ねた。

「な、なに言ってんの。馬鹿じゃないの？」

「なにって、思ったこと言ってるだけだよ」

「思ったことって……」

「若山と帰りたいから帰りたいって言っただけ。なにか変？」

当たり前のように榊が言うから、言葉の真意を測りかねてしまう。

「だからいいでしょ？」

「うん……。……って、待って、違う」

空返事で答えてしまった私に、榊は嬉しそうに口角を上げた。

「だーめ、今いいよって言ったの聞いたから」

「それは、違うの。私は……！」

「違わない。俺聞いたから約束ね」

いくらそう言われたからって、断ればいいだけだとわかっていた。なのに――。

「……気が向いたらね」

つい、そんな返答をしてしまったのは、あまりにも榊が嬉しそうな表情を浮かべていたから、かもしれない。

私の返事に、榊が「やった！」と呟いたのがわかったけれど、その言葉にも、そして言葉の裏に隠されているかもしれない思いにも気付かないフリをした。

だって、どうせ私も榊も、死んでしまうのだから。

言葉通り、榊は次の日も、そのまた次の日も帰りのホームルームが終わると私の席に来て「帰ろう」と声をかけた。無視してもよかったけど、周りが奇妙な物でも見るかのように私たちに視線を向けてくるから、居たたまれなくなって足早に教室を出た。榊と一緒に。

「ねえ、やっぱり一緒に帰るのは、」

やめよう、そう言おうとした私の言葉を遮るように、榊は口を開く。

「そういえばさ、梨乃も昨日のサッカー見た？」

「見てないけど……。って、待って。今なんて言ったの？」

「だから『サッカー見た？』って」

「そうじゃなくて。私のこと、今なんて呼んだの？」

聞き間違いであってほしかった。でも。

「梨乃だけど。え、梨乃だろ？　違った？」

「違わないけど、そうじゃなくて。どうして下の名前を呼び捨てにするのって聞きたかったの！」

「小学校のときは名前で呼んでただろ？　今だって仲いい子は梨乃のこと名前で呼んでるし。だから俺も梨乃って呼びたかったんだよ。だめ？」

「だめっていうか……」

まさか名前で呼ばれるなんて想像もしていなくて、心臓がドキドキとうるさい。榊と一緒にいると、よく不整脈のように心臓が苦しくなる。

「あ、俺だけ名前で呼ぶのがズルいってこと？　なら梨乃も俺のこと日向って呼んでくれても……」

「呼ばない」

「ケチ。じゃあ、呼ばなくていいから梨乃って呼んでもいい？」

その取り引き、私に利点なんてない気がする。けど、学校の廊下でこんなことを言い合いしていれば、好奇の目で見られることはわかりきっている。なんならすでに隣のクラスの女子たちが、私たちの方を見てヒソヒソとなにかを言っていた。

「……好きにすれば」

「ホント？　じゃあ梨乃も俺のこと」

「榊は榊でしょ」

「ちぇー。そしたらさ、今は榊でいいから、いつか呼びたくなったら呼んでよ。俺、梨乃から『日向』って呼んでもらえたらきっとすごく嬉しいから」

「呼びたくなったらね」

きっとそんな日は死んでもこないと思うけど。

喉元まで出てきた言葉はぐっと呑み込んだ。

それから毎日、学校からの帰り道には、私の隣に榊の姿があった。

　最初は榊の話を聞いているだけだったけれど、次第に少しずつ私からも話題を振るようになった。取り留めのない話を榊とするのが楽しかった。

　だから、だろうか。つい気が緩(ゆる)んであんな質問をしてしまったのは。

「――そういえばさ」

　少しずつ秋が深まっていく帰り道を私たちは歩く。

「榊って中学まではサッカーしてたよね？　高校では入らなかったの？」

「あー、まあね」

　私の問いかけに榊は苦笑いを浮かべると、頭をかいた。

「ヘディングなんかして、そのまま俺が死んだら周りがビックリするだろ？」

「……っ、ご、ごめん！」

　慌てて謝る私に、榊はへらっとした笑みを向けた。

「気にしてないから謝らなくて大丈夫だよ」

　その言葉に安堵(あんど)しながら、でもそうやって笑える理由が私にはわからなかった。どうしてそんなつらくて重いことを明るく言えるのだろう。

「……榊は強いね」

「ん？」

「私はそんなふうに笑うことなんてできない」

死ぬことを受け入れていた。覆しようのないことだと理解していた。でも、榊のようには笑えない。そんなに強くない。私は、榊みたいにはなれない。

――そういえば、小学生の頃にも同じようなことを考えた気がする。

ふいに、まだ榊と仲が良かった頃のことを思い出す。榊のことが好きで好きで仕方なかった、あの頃のことを。

心臓病が発覚して、今までできていたことができなくなった。友達と同じように行動することが難しくなった。生きていくために課せられたたくさんの条件は、小学六年生の私にはどれも理不尽でつらいものだった。だからこそ、榊とふたりのときは今まで通りの私でいたかった。でも。

「遊ぶのやめるって、なんで……？」

放課後、いつものように「今日も学校前に集合な！」と言う榊に「もう榊とは遊ばない」と告げると、怒ったような口調で榊は私を咎めた。

榊と一緒にいると、つらくて苦しくなる。思い通りにならない自分の心臓も、たくさんの制限も。なにひとつ自由にならないことが悔しくて仕方なかった。

それに、どっちにしても放課後今までのように遊ぶわけにはいかなかった。体育は体調を崩したと言って見学していたけれど、榊と遊ぶとなればそういうわけにはいかない。一緒に走りたくなるし、榊のことを追いかけたくなる。そんなことできるわけないのに。

「別に、理由なんてないよ。もうすぐ中学生になるし、外を走り回るのも卒業かなって思っただけ」

「じゃ、じゃあゲームは？　前に梨乃がやりたいって言ってたスポーツフィット！あれ買ってもらったんだよ。だから――」

「やめて！」

榊の声を遮るように私は声を荒らげていた。そんな自分の態度に動揺してしまう。榊も、まさか私に怒鳴られるなんて思っていなかったのか、驚いたように目を見開き、それからそっぽを向いた。

「……あっそ」

そう言った榊は、どうしてか私以上にショックを受けているように見えた。

「別にいいよ、梨乃と遊ばなくても」

「あっ」

怒らせた。嫌われた。そんな言葉が頭をよぎる。でもそれだけのことを言ったのだから仕方がない。そう思った私の耳に届いたのは、榊の優しい言葉だった。

「……なにがあったか知らないけどさ、元気出せよ。梨乃らしくないぞ」

「私、らしく……」

榊になにがわかるの、と反論しようと思えばできた。でも、口に出せば言葉とともに感情が涙となってあふれ出してしまいそうで、なにも言えなかった。

「今の梨乃、すごい無理して頑張ってる感じがする。……ちょっと前の俺みたいに」

「え……？」

「俺、前に他校のやつに蹴られたせいで怪我してさ、それで試合に出られなくて。あ、もちろんわざとじゃないのはわかってたんだけど、でもなんで俺だけこんな目に遭わなきゃいけないんだって思ってたんだ」

榊は苦笑いを浮かべながら頬をかく。なんでもないように話しているけれど、きっととても悔しかったと思う。相手を恨んだと思う。今の私のように。

「でもさ、だからって腐っててても仕方ないなって思ったんだ」

そう言って近くに転がっていたサッカーボールを蹴り上げると、太ももで、かかとで、軽やかにボールを弾ませた。

「誰のせいでもない。蹴られたのだって俺が周り見てたらそんなことにはならなかったかもだし」

榊は相手を恨むのではなく、自分のせいでこうなってしまったから仕方がないと言っていた。

「誰かを恨む時間があるなら、もっと練習して上手くなるために時間を使った方がいいだろ？」

そう言って笑う榊が、私には眩しくて、それから恨めしかった。

榊のように私は思えない。病気を、健康に産んでもらえなかったことを、聞きたくない話をする医者を、みんなみんな恨んでいた。そうすることでしか、突然宣告された病気に押しつぶされてしまいそうな心を守るすべがなかった。

「榊は、強いね」

私とは違う。誰かのせいにすることでしか、自分を保てない私とは。

黙って俯いてしまった私に、榊は必死に言葉を選びながら気持ちを伝えようとしてくれていた。

「……その、今なにか悩みがあったりつらいことがあったりしたとしても、絶対いいことがあるから。この間、先生も言ってただろ。『笑う門には福来たる』って！　だから、暗い顔してないで笑ってればいいと思うよ」

今ならわかる。私のことを元気づけようとしてくれていたんだって。でも、あのときの私には榊の言葉を受け止めるだけの余裕はなかった。

なにか言わなければと思えば思うほど、涙があふれて止まらなくなった。

「え、な……」

「……っ」

榊になにか言われるのが嫌で、榊の前から逃げた。

そんな私を、榊が追いかけてくることはなかった。

その日を最後に、私たちは一緒にいるのをやめた。再び榊が話しかけてきたあの日までは。

「──昔もそんなこと言ってたよな」

「え……？」

「小六の頃、同じようなこと言って泣いてただろ」

「あ……」

覚えていたんだ。きっともう忘れていると思っていた。

「俺、ずっと謝りたかったんだ。あのときのこと。でも、中学に入ったら、梨乃とクラスが分かれて、たまに見かけたと思っても俺を避けてただろ。だから謝れないままだった」

中学三年間は入退院を繰り返していたせいで、学校に行ったのは数えるほど。榊とはクラスも違っていたからほとんど会うことはなかったけど、同じ学校に通っていれば一度や二度は会う機会もある。顔を見かけるたびに、私は榊から逃げた。もうあの頃のように隣で笑えない事実に、向き合うことがつらくて。

私が隣にいなくても、笑っている榊を、見たくなくて。

高校に入って同じクラスに榊がいるって知ったときはビックリした。わざわざ同じ中学の子がほとんど行かない高校に進学したのにどうしてって。同じことを思ったのか、榊は何回か話しかけようとしてくれた。けど、私が避けていたせいでいつの間にか話しかけに来ることはなくなっていた。それなのに。

「本当にごめん。梨乃の事情も知らないくせに勝手なこと言って、泣かせちゃってごめん」

「榊……」

「なんて、急に言われても困るよな。でも、後悔を残したまま死にたくなかったんだ」

へへっと笑う榊の笑顔の奥に、少しだけ寂しさが混じっているように見えた。

「それ、よく言ってるよね」

「ん？」

「後悔しないようにって」

「ああ、うん。余命宣告されてさ、なにかやりたかったことないかなって思ったらやり残したことだらけだったんだ。あれもしとけばよかった、あんなこと言わなきゃよかった、もっとちゃんと伝えておけばよかったって」

　それは私も思った。もっとしたいことも行きたいところもあったのにって。どうしてこんなふうに苦しまなきゃいけないんだろうって。

　なんだ、榊も同じだったんだ。そう思って少しだけほっとした。

　でも、榊が続けた言葉は私が想像したのとは違っていた。

「だから、それ全部やろうと思って」

「全部って？」

「全部は全部だよ。やりたいこととか、あと伝えたいこと全部伝えようって。後悔しないためにさ。死ぬ前に後悔なんてしたくないだろ？」

「それは、そうだけど」

　榊の言っていることはわかるし、理想だとも思う。でも、だからって実行できるかは別だ。きっと私には、できない。

「だからさ、よろしくな」

「よろしくって、なにが」

「俺もっと梨乃と一緒にいたいんだ」

「なっ」

ストレートな榊の言葉に、頬が熱くなる。心臓がドキドキと音を立てる。

忘れたかった。忘れようと、心の奥深くに押し込めていた。なのに、榊の言葉のせいで、閉じ込めていた気持ちが少しずつあふれ出してくる。

嫌だ、思い出したくない。

このポンコツな心臓が、あとどれぐらい持つか、私自身もわからない。

胸元をギュッと押さえた。開きそうな想いの扉を、無理矢理押さえつけるように。

第三章

席替えをしたせいで、廊下側の一番前の席になった私は、隣の席から話しかけてくる榊に対して適当に相づちを打っていた。

榊と久しぶりに話をしてから、あっという間に一か月が経った。宣言通り、榊はあの日から毎日私にくっついてくる。

初めは変な組み合わせだと不思議そうにしていたクラスメイトも、あまりにも榊が私を構うから、次第にその光景に慣れてしまったようだ。

「今日も榊は梨乃のことが好きだねえ」

通りがかりに鈴音がからかうように笑う。

「ち、ちが」

「当たり前だろ」

私が否定するよりも早く榊が肯定してしまうから、鈴音は呆れたように肩をすくめた。

「榊、ちょっとぐらい恥ずかしがれば可愛げもあるのに。からかい甲斐がないなぁ」

「俺は梨乃のことを愛しちゃってるからな」

「はあ……。もう、先に行ってるからね」

首を振ると、苦笑いを浮かべたまま鈴音は教室を出て行く。残された私は、慌てて口を開く。

「ちょ、ちょっと。なに言ってるの？　あんなこと言ったら勘違いされちゃうよ」

「別に勘違いじゃないからいいよ」

「よくないよ……」

「なんで？　梨乃は嫌だ？　俺のこと好きじゃない？」

真っ直ぐに榊は私を見つめる。その視線に込められている想いが本気なのかそれとも冗談なのか判断がつかない。

それに、もし本気だったとして。私も好き、なんて言ったところでなんの意味があるというのか。

「……別に」

「そっか、残念。まあでも、梨乃が俺のことを好きじゃなかったとしても、俺は好きだからしょうがないよな」

なにがしょうがないのかわからない。でも、はにかみながら私を見つめる榊に、それ以上なにも言えなかった。


榊と過ごす日々は、とても楽しくて、とても苦しい。病気を患っていなければ、もしかしたらもっと素直に榊の気持ちを受け止められたのかもしれない。でも、今の私には榊のキラキラとした視線が眩しくて、つらい。

「梨乃、次の移動教室一緒に行こうよ」

三時間目が終わったと同時に榊は言う。次の時間は選択授業で、私たちは美術室へと向かう必要があった。鈴音の方を見ると、わかってるとばかりに頷いて他の友達の方へと向かう。

断る理由もなくなったので返事をしようとしたとき、クラスメイトが入り口から顔を出して榊を呼んだ。

「日向！　担任が呼んでるぞ！」

「え、嘘！」

「ホント。お前、今日締め切りの課題、出してなかっただろ。今すぐ出しに来ないと減点するって」

「マジかよ……」

カバンの中を漁ると、榊はノートを取り出した。

「ごめん梨乃。俺これを職員室に持って行かなきゃいけないから」

てっきりついて来て、とか待っててと言われるのかと思っていた。でも、榊の口から出た言葉はそのどちらでもなかった。

「先に行っててくれる？」

「え、あ、うん。大丈夫だけど」

待ってなくていいんだ、という疑問が透けて見えたのか、榊は苦笑いを浮かべながら頭をかいた。

「たぶん、俺、説教されて次の授業がはじまるギリギリになるかもだし。待たせるのも申し訳ないからさ。先に行っててくれたら助かる」

「わかった」

気を遣われているようで複雑な気持ちになる。とはいえ、たしかにギリギリになってまっても、走ることすらできない。それが思ったよりも悔しくて、つい余計なひと言を言ってしまう。

「……榊だって、走って転んだら危ないんだから、さっさと移動しなよね」

一瞬驚いたような表情を浮かべたあと、榊は嬉しそうに顔をクシャッとさせた。そんな表情をされると思わなくて戸惑ってしまう。

「な、なに」

「ん？　梨乃が俺のこと心配してくれて嬉しいなって」

「べ、別に心配なんて……」

「梨乃にそのつもりがなくても、俺が嬉しかったからいいの。はー、今ならダッシュで担任のところ行けそう」

その場で足踏みをする榊は、冗談抜きで今すぐ駆けて行ってしまいそうだった。じろりと榊を睨（にら）みつけると、へへっとおどけたように笑う。

「榊、さっさとしろよ」

「今行くよ。んじゃ、俺もあとから行くから」

「わかった」

私が頷いたのを見てから榊は教室を出て行く。一瞬、名残惜（なごりお）しそうにこちらを見ていたから早く行きなと手を振った。

ふう、と息を吐いてから私も移動教室の準備をする。少しだけ心臓が苦しい気がする。榊と騒ぎすぎたのかもしれない。

少しのことでもすぐに悲鳴を上げる、私のポンコツな心臓。

榊といると、病気だってことを忘れそうになる。笑って怒って喜んで、そんな当たり前の感情を榊に向けている時間が嫌いじゃなかった。

でも、私がそうするのを咎めるかのように心臓は苦しくなる。まるで自分がもうすぐ死ぬのを忘れるなと言うかのように。

「……もう、大丈夫かな」

少しだけ呼吸が楽になったのを確かめて、ゆっくりと席を立つ。苦しいのが落ち着くまで、と思っているうちに誰もいなくなっていた。どうやらみんな、移動教室へと向かったようだ。

教科書と、それから発作を抑える薬が入ったポーチを手に取ろうとして、やめた。私も榊みたいに、病気なんて関係ない、そんなのこれっぽっちも気にしてないって顔をして笑ってみたくなった。

時計を見ると、もうすぐ休み時間が終わりそうだ。私も急がなければ。

四階の一番端にある美術室に向かうためには階段を上がる必要があった。一度、二度と呼吸を繰り返すと、ゆっくり、ゆっくり、ゆっくり上がっていく。あと少しで上がりきる、そう思った瞬間チャイムが鳴り響いた。その音に、焦（あせ）ってしまう。

思わず残り三段を急いで駆け上がる。けれど、上がりきったと同時に、私はその場にしゃがみ込んでしまった。

発作だ――。

どうにか這って壁側に移動すると、背中をもたれさせて座る。こうやって安静にしていれば、そのうちきっと治まるはずだった。

「……っ、く……は、ぁ……っ」

ところが時間が経てば経つほど、落ち着くどころか苦しさは増していく。薬を飲まなければ、そう考えた瞬間、教室に置いてきたことを思い出す。いったい私は、なにをやってるんだろう。

あまりの苦しさに涙があふれてくる。なのに、口からは自分の馬鹿さ加減を嘲笑うような笑い声が漏れた。

もう授業ははじまっている。このままここにいたとして、誰かが気付いてくれるまで私の心臓は動いているのだろうか。それとも――。

「梨乃!?」

私の思考を遮ったのは、榊の悲痛な叫び声だった。

「梨乃！　しっかりしろ！　大丈夫か!?」

うっすらと目を開けると、心配そうな表情で榊が覗き込んでいた。心配をかけたくなくてどうにか身体を起こし力なく頷いてみせるけれど、榊は怒ったように言う。

「なにやってんだよ！　薬は⁉」

「か……ば……」

どうにか伝えようと口を開くけれど、声は掠れ言葉にならない。無理矢理身体を起こしたことで余計に苦しさが増していく。

「……っ、は……」

「待ってろ、すぐ取ってくる！」

転んだら危ないから走っちゃダメ、そう伝えたいのに声が出ない。階段を駆け下りていく榊の背中を、ただ見つめることしかできない。

両親にも、そして榊にも迷惑をかける私のポンコツな心臓は、あとどれぐらい動き続けてくれるのだろうか。


――もう手の施しようがないと医者に言われたのは、高校に上がる直前、最後の入院生活を終えるときだった。

中学三年間、何度も入退院を繰り返しながら治療を行ってきたけれど、あと残されているのは心臓移植だけだと医者から告げられた。

それは子どもの心臓移植がほとんど叶わないこの国では、緩やかに訪れる死を待つことと同じだった。

「あと、どれぐらいですか」

なにがとは聞かなかった。聞けなかった。

「……半年と、考えてください」

医者もなにがとは言わなかった。それは優しさだったのか、憐れみだったのか、私にはわからない。

半年という時間は少し前に過ぎた。今はただ神様の気まぐれで生かしてもらっているだけ。いつ鼓動が止まってもおかしくない。

まるで走馬灯のように、余命を宣告された日のことを思い出しながら苦しさに耐えていると、薬を入れたポーチを持った榊が階段を二段飛ばしで駆け上がってきた。その姿にひやりとする。そんなふうに走ったりして、転んだりなんかしたら――。

けれど、私の心配をよそに、榊は手に持ったポーチを見せた。

「こ、れ……！」

ファスナーを開けると、慌てたせいか榊はバラバラと薬を落としてしまう。その中のひとつを私は指さした。

包装シートから薬を出した榊は、持ってきてくれたらしい水と一緒に手渡してくれる。けれど、私は錠剤だけを受け取ると舌下に押し入れた。

　このまましばらくすれば落ち着いてくるはずだ。

　一分、二分と時間が経つにつれ、苦しさは治まり、呼吸が楽になっていく。

「あり、がと。もう、だいじょ、ぶ」

　まだ少し掠れた声でお礼を言うと、榊は血の気の引いた顔で私を見つめていた。

「大丈夫じゃないだろ！　病院は？　先生に言って救急車呼んでくるか？」

「もう、落ち着く……から、平気。それに、病院なんて行った、ところでなんにもできないから」

　少しずつ落ち着いてきた。額に浮かんだ脂汗（あぶらあせ）を拭（ぬぐ）うと、息を吐く。

「どういう……」

　榊は私を見つめながら、理解ができないとばかりに首を振る。本当は言いたくなんてなかった。でも。

「私、死ぬらしいんだ」

「え……？　まさか、そんな」

　目を見開くと、榊は信じられないと首を振る。けれど、これは事実だ。

「心臓がね、よくなくて。それで……」

「治って、なかったのか……？」

「え？」

榊の言葉に、今度は私が驚かされる。治ってなかったって、その言い方、まさか。

「知ってたの……?」

「中学の時、学校にほとんど来ない梨乃のことが気になって、先生に聞いたら——」

「そ、う、なんだ」

思いがけない言葉に動揺してしまう。ずっと知られていた。知った上で、榊はそばにいてくれた。

「もー、先生たちも個人情報を話さないでほしいなあ」

わざと明るく言ってみるけれど、榊の表情は強張(こわば)ったままだ。

「……そっか、知られてたんだね」

それまでと同じように、みんなと、榊と笑ったり走ったりじゃれたりできなくなるのがつらくて、私は逃げた。誰にも知られたくなかった。気遣われたくなかった。病人扱いされたくなかった。

「中学校のときも入退院を繰り返してたんだけど、本格的にだめになっちゃったみたい。ホント嫌になっちゃうよね」

鼻の奥がツンとする。弱った姿を見せたくなくて、上を向いた。あふれそうになった涙が空気に溶けて消えてから、もう一度榊を見た。

「お医者さんがね、もう無理だって。どうにもできないって言うの」

「それ、は」

信じたくないというかのような表情を榊は浮かべる。

「でも、梨乃が死ぬなんてそんな……」

「榊はさ、諦めたくないんだって言うけど、医者から死ぬって言われて、どうやったら諦めずにいられるの？　ねえ、教えてよ」

いじわるな言い方をしている自覚はあった。でも、言わずにはいられなかった。八つ当たりだとわかっている。でも、諦めることを否定する榊を傷つける以外に、私の心を慰める方法がわからなかった。

「だからもう放っておいて」

これだけ言えば、榊もきっと私に愛想を尽かすはずだ。そう思った。なのに。

「な……に……」

私の身体は、榊の体温に包まれていた。優しく、でも力強く抱きしめられた身体に、榊のぬくもりが伝わってくる。トクントクンという心臓の音が聞こえる。この音は、私の？　それとも榊の心臓の音？

――ううん、そんなのどっちでもいい。

ただ伝わってくるぬくもりが、鼓動が優しくて、知らないうちに私の頬を涙が伝い落ちていた。

「死ぬなんて、言うな」

震える声で、榊は言う。声だけじゃない。私の身体を抱きしめる腕も、小さく震えていた。

「死ぬなんて、言うな」

「でも、私は」

「医者はそう言ったのかもしれない。でも梨乃は？　梨乃の気持ちは？　生きたいって思ってないの？」

生きたくないわけがない。生きるためにつらい治療を続けてきたのだから。

「だって……」

もう無理だと言われて、全てを諦めた。生きることも、生きたいと望むことも。半年という時間は、諦めて捨てていくための時間なんだと思った。そのために残された時間なんだと。

──榊に出会ったあの日までは。

諦めたフリばっかり上手くなって、自分の心に疎くなって。でも、それでも本当は──。

「死にたく、ない」

腕を伸ばして榊の身体を抱きしめる。一度、吐き出してしまったら最後、想いは止まるところを知らない。

「死にたくなんてない。もっともっと生きたい。いろんなところに行って、いろんな人と出会って、それで、それで」

榊と一緒に、いたい。

その言葉は、胸の奥に閉じ込めた。

私が呑み込んだ言葉には気付かないまま、榊はふっと笑うと私の背中を撫でた。

「本音、言えるじゃん」

何度も何度も撫でてくれる手があたたかくて心地いい。

「大丈夫、梨乃は死なない。絶対に」

「どう、して、そんな」

「俺が死なせてなんてやらないからな」

自身満々に言う榊の言葉に小さく噴き出した。

気休めとわかっている。そんなことできっこないと知っている。

でも榊の言葉が、手のぬくもりがあまりにも優しくて。頭を預けた榊の肩が私の涙で少しだけ濡れた。

第四章

季節の移り変わりを告げるように、木々は色づき、辺りには金木犀の香りが漂う。暑かった夏が終わり、本格的な秋がやってきた。

衣替えをした制服は、昼間は少し暑いけれど朝夕はちょうどいい気候となっていた。

私は空席となった隣の席へと視線を向ける。先週から榊はずっと学校を休んでいた。季節外れの風邪をひいてしまったと連絡がきていた。お見舞いに行こうかと思ったけれど、うつったら大変なことになると榊が許してくれなかった。

ドクン、と大きく脈打つ心臓を服の上から押さえる。大丈夫、なんてことはない。

宣告された半年を過ぎた今も、私のポンコツな心臓は騙しだまし動き続けていた。けれど、以前に比べて随分と悪くなっていることは日増しに増えた薬の量で気付いていた。でもまだ大丈夫だと、そう思っていたのに。

放課後、処方されていた薬を予定よりも早く切らしてしまったので大学病院へと向かった。薬だけもらい、帰るつもり、だった。なのに。

「このまま入院してもらいます」

念のためにと受けた検査の結果、あまりの数値の悪さに主治医から入院を言い渡されてしまった。

「お母さんと連絡は取れましたか？」

「取れたんですが、仕事中だからすぐには来られないって言われて」

「そうですか……。それじゃあ、とりあえず梨乃ちゃんだけ病室に移動してもらおうかな」

入院の手続きは母親が来てからしてもらうことにして、先に私ひとり病室へと向かうことになった。

「それじゃあ移動しよっか」

看護師さんは、用意した車椅子に乗るように促す。こんなのに乗って移動したら、悪目立ちするに決まっている。

「そこまでしなくても大丈夫です」

「大丈夫じゃないわよ。今の梨乃ちゃんの心臓は山登りをしたあとみたいにヘロヘロなのよ？　これ以上なにかあれば、今すぐ止まったって不思議じゃないんだから」

そう言われてしまうと、大人しく言うことを聞く以外に選択肢はない。諦めて車椅子に乗ると、そのままエレベーターで去年まで入院していた病棟へと連れて行かれた。

高校生なので一般病棟でもいいらしいけれど、今ちょうど病床が埋まっているとかで小児病棟に向かった。小さな子もたくさんいて、保育園のよう、なのだけれど。

「嘘……」

子どもたちに囲まれる入院患者の姿を見た瞬間、私は言葉を失った。榊だった。

「梨乃……」

榊も私の存在に気付いたようで、驚いたような表情を浮かべたあと、バツが悪そうに笑った。

「なんで……」

「まあ、そういうこと。入院になっちゃってさ」

そう言って榊が指さしたのは、ナースステーションの隣にある個室だった。

──ナースステーションに一番近いその病室は、急変したときに看護師さんが駆けつけやすいこともあって重篤な患者さんが入ることが多い。

まさかそんなに酷い状態なの……？

不安から上手く言葉を出せない私に、榊はいつも通りの明るい笑顔を向けた。

「そんな顔するなよ、大丈夫だって」

「大丈夫って、でも」

「──梨乃ちゃん」

話を続ける私たちに、車椅子を押してくれていた担当看護師の片桐さんが困ったように微笑んだ。

「他の患者さんもいるし、込み入った話なら梨乃ちゃんの病室に行こっか」

「あ……、すみません」

「日向君もそれでいいかな？」

「はい」

大人しく頷くと、榊の病室から少し離れた個室に私たちは移動した。

「絶対安静だからね！」と言い残して片桐さんは病室をあとにする。ベッドの上に身体を移動させてもらった私はリクライニングを調整して上半身を起こす。榊はすぐそばの椅子に腰を下ろした。

「やー、それにしてもまさかこんなところで会うなんてビックリしたな。ってか、梨乃は大丈夫なのか？　車椅子に乗ってたけど、具合が――」

「頭、そんなによくないの……？　治るん、だよね……？」

言葉を思わず遮ってしまった私に、榊は目を伏せ、それから静かに微笑んだ。

「治らない。もうすぐ死ぬらしい」

あまりにも自然な口調で言う榊に、私は言葉の意味が一瞬理解できなかった。今、治らないって言った？　もうすぐ死ぬって、そう言った……？

今まで死ぬとは決まってないって、大人しく死ぬつもりはないって言ってたのに、どうして。

唇が震える。ようやく声を絞り出したものの、上手く言葉を紡ぐことはできなかった。

「え、ど、どういう……」

「ごめんな」

明るく言う榊の表情が、先ほどの言葉が冗談でも聞き間違いでもないのだと物語っていた。それでもやっぱり信じたくなくて、私は何度も何度も首を横に振った。

「なんでそんなに明るくいられるの？　榊は死ぬのが怖くないの？」

そんなわけない、そうわかっているのにあふれ出る言葉を止められない。

「私は死ぬのが怖い！　このまま心臓が止まって、息ができなくなって死んじゃうんじゃないかって思うと、怖くて怖くてしょうがないよ！　榊はそうじゃないの!?」

「梨乃、落ち着いて……」

榊が制止しながら私の背中を撫でてくれる。けれど私は肩で息をしながらも、止めることのできない想いをぶつける。心臓が破裂しそうなぐらい音を立てているけれど気にしてなんていられなかった。

「俺だって、死ぬのは怖いよ」

「なら、どうしてそんな平気そうな顔をしてるの？」

「平気じゃないよ。でもさ、どうせ人間いつかは死ぬんだ。万が一を考えてなにもしないより、つらいつらいって暗い顔をして泣いて過ごすより、死ぬ日まで楽しく生きていた方がいいだろ？」

そう言って笑う榊の姿は、いつも通りの榊で。そのせいでようやく、今までもこうやって死と隣り合わせにいながらも笑っていたのかもしれないと気付かされる。どんな気持ちで笑顔を向けていたのか、榊の気持ちを考えると苦しくなる。

榊の言うことはわかるけれど、でも私はきっとそんなふうには生きられない。

「梨乃は？」

「え？」

「治る方法はないの？」

「それは……」

ないわけでは、ない。これ以上、治療のしようがない。あとは心臓移植を待つだけ。

つまり、心臓移植さえできれば助かる可能性はある。でも。

「その表情は、あるんだな」

「……心臓移植をすれば、もしかしたらって」

「なら！」

「でも、怖いの！」

思わず声を荒らげてしまう。片桐さんの言う通り、病室に移動していてよかった。こんなふうに叫んだりなんてしたら、他の子たちが怖がってしまう。みんな不安を抱えながらここにいるのだ。余計に怖がらせたくはない。

ベッドのシーツをギュッと握りしめると、私は視線を真っ白な掛け布団へと向ける。死装束（しにしょうぞく）も、こんなふうにシミひとつない白色なのかもしれない、なんてどうでもいいことを考えながら、目を伏せた。

「怖いの。このまま苦しみながら死ぬのも、心臓移植をするのも、どっちも怖い」

心臓移植をすれば助かるかもしれない。でも、今の日本で子どもが心臓移植を受けられる可能性は殆（ほとん）どない。奇跡的に移植手術を受けられたとしても、あまりにも私の心臓が弱りすぎていて、手術中に命を落としてしまう危険性だってある。

どっちにしても死んでしまうのなら、手術なんて受けずに、このまま死んでしまう方がいい。どうせ死ぬのだ。今よりももっと頑張るのも、苦しむのも嫌だ。

「でも、生きられるかもしれないんだろ？」

「わかんないでしょ、そんなの」

「そうだけど、でも……」

シーツを握りすぎて、血流が悪くなった私のこぶしに榊はそっと自分の手を重ねた。あたたかくて少しだけゴツゴツしていて、でも優しい手のひらを。

「俺は、梨乃に生きてほしい……。勝手なことを言ってるってわかってる。手術を受けるのは梨乃なのに。でも、死なないでほしい。生きていてほしいんだ……」

苦しそうに吐き出される榊の言葉。ホント勝手だよ、とかもし手術して死んだらどうしてくれるの、とか言い返す言葉はいくらでもあった。

でも、私のことを想って伝えてくれている榊に、そんなことは言えない。

もしこれが少女漫画なら、きっとここで「そうする」と言うのだろう。ヒーローに励まされて、手術を受けて大成功！　ハッピーエンドとなるはずだ。

でも、これは少女漫画じゃなくて、私の、若山梨乃の人生だ。そんなに簡単に、決めることなんてできない。

今までずっと苦しんできた。なのに、まだ頑張らなきゃいけないのだろうか。まだ、頑張れるのだろうか。

「梨乃」

受け止められない私の名前を、榊は呼んだ。

「じゃあ、俺と賭けをするのはどう？」

「賭け……？」

唐突な提案に思わず顔を上げる。先ほどまでの表情はどこへ行ったのか、榊はベッドの横で笑みを浮かべていた。

「そう。どっちの心臓が長く動いているか賭けようよ」

「なにそれ……。意味がわかんない」

「先に心臓が止まった方の負け。わかりやすいだろ？」

「わかりやすいとか、わかりにくいとかそういう問題じゃなくて」

その賭けに勝つためには、相手よりも一日でも長く生きていなければいけない。裏を返せば——。

「賭けの賞品はそうだな、相手のファーストキスをもらうっていうのはどう？」

「は？　え、な、なに言ってるの？」

あまりにも突拍子もない提案に、思わずベッドの上で立ち上がりそうになって慌てて座り直す。

「え、だめ？」

「だめに決まってるでしょ」

「なんで？　梨乃が負けるってことは、そのときもう梨乃は生きてないんだからいいじゃん」

「それは、そうかもしれないけど」

そういう問題でもない気がする。でもなにを言っても榊に上手く言いくるめられてしまう気がして口を閉じる。

「だめかな？」

「……いいよ」

そう答えてしまったのは、気まぐれ、というよりはなぜか私の方が榊より先に死ぬという自信があったからかもしれない。

榊は少し意外そうな表情を浮かべたあと「決まりだね」と笑った。

「約束だよ」

「わかってる」

「忘れないでね」

私が頷いたのを確認すると、榊は病室を出て行った。

ひとりきりになった私は、目を閉じる。いろんなことが起こりすぎて、頭が混乱してしまう。

「賭け、かぁ」

ポツリと呟くと、無意識のうちに指先で自分の唇に触れていた。

『賭けの賞品はそうだな、相手のファーストキスをもらうっていうのはどう？』

榊の言葉が反芻(はんすう)されて恥ずかしくなる。どういうつもりで榊があんなことを言ったのかわからない。でも、もしも私が死んだとして、そのあとで榊がファーストキスをもらってくれるなら、そんな終わり方も悪くはない、のかもしれない。

中学の頃から何度も繰り返してきた入院生活。病院の規則で中学生以上になると、親の付き添いはできなかったし、両親が共働きなこともあり夕方仕事帰りに顔を出してくれるとき以外は誰かがお見舞いに来ることもほとんどなかった。

だから——。

「おはよ、梨乃」

「おはよう……。ちょっと早すぎない……?」

朝ご飯が運ばれてくるより早く、私の病室へと顔を出す榊に苦笑いしか出てこなかった。

入院してから一週間。暇さえあれば榊は遊びに来る。といってもなにをするわけでもなく、ベッドの横に置かれた椅子に座り、取り留めのない話をしていく。

片桐さんがやってきて榊を追い出すこともあれば、榊の担当の看護師さんが呼びに来て連れて帰ることもあった。

今日も、朝ご飯が運ばれてきたタイミングで、検温をしに来た片桐さんによって榊は自分の部屋へと戻されていた。

「ほんっと、なにやってんだか」

ひとりになった病室で、榊のことを思い出して笑ってしまう。こんなふうに入院中に笑うことなんて今までなかった。

しんとした病室にひとりでいると、空調の音が耳の奥でやけに大きく響く。その音が嫌いで、いつも掛け布団を頭まで被って、ひたすらに時間が過ぎるのを待っていた。

それなのに、今回の入院では空調が発する音をうるさいと思う暇がないほど、私の部屋は明るく賑やかだった。全部、榊のおかげだ。初めて、入院生活を楽しいと思えた。

今も、ほら。

「りーの。もうご飯終わった？」

「うん、終わった。榊は？」

病室の扉を少しだけ開けて、廊下からこちらを覗いていた榊は、私の返事を聞いて病室に入ってくる。どことなく浮き足立っているように見えた。

「俺も。全部食べて足りないぐらい」

「私はちょっと残しちゃった」

いつものように私の隣に座ると、榊は「そっかー」と残念そうに肩をすくめた。

「じゃあ、これは食べられないかな」

そう言って後ろ手に隠していたなにかを榊が見せた。

「アイス！」

まさかそんなものを榊が持っていると思わなくて、思わず声を上げてしまう。私の反応に、榊が顔をクシャッとして笑った。

「でも、ご飯残しちゃうぐらいお腹一杯なんだろ？」

「アイスは別腹だよ！」

「なんだそれ」

肩をすくめながら、榊はふたつのうちのひとつを私へと差し出す。

「梨乃、チョコアイス好きだろ」

「好き、だけど」

そんな話をした記憶はないのに、どうして。不思議に思っていると、榊はバニラのアイスを開けながらクスクスと声を漏らす。

「小学校のときから変わってないな」

「そう、だっけ」

「そうだよ。小五の夏休み、プールに行った帰り道、俺が最後の一個だったチョコアイスを買ったとき、梨乃めちゃくちゃ怒って泣いてただろ？　あれから、梨乃のチョコアイスだけは取っちゃだめだって俺の中にふかーく刻みこまれたんだから」

そんなことがあった気もする。あの頃は、今よりももっと素直で、好きなものは好き、嫌いなものは嫌いとはっきり言えていた。

「覚えててくれたんだ」

「当たり前だろ。梨乃のことなら全部覚えてる」

真っ直ぐに見つめる榊の目は真剣で、嘘を言っているようには思えなかった。

「でも、知らないこともあるんだ」

「知らないこと?」

「……梨乃の、中学三年間のこと」

「あ……」

私が榊を避けていた三年間。病気になったことがつらくて、それを人に知られるのが嫌で、周りにいた人たちに背を向けた。大好きだった、榊にも。

「その三年間を取り戻すことはできないけど、でも一緒にいられなかった三年間を埋めるぐらいに、今の梨乃と一緒にいたい」

「榊……」

私も、榊と一緒にいたい。そう口に出すことはできなかった。素直になれない自分が嫌いだ。思ってもいないことを口に出してしまう自分はもっともっと嫌いだ。

「死ぬまでは一緒にいられるよ」

私の言葉に、榊は寂しそうに微笑んだ。

なにも言わないけれど、お互いにきっとわかっている。

きっとこの時間は、そう長くは続かないって。見えている終わりに、気付かないフリをしているだけだって。

それでもよかった。榊のそばにいられるのなら。

私の心臓が止まってしまうその日まで、榊の隣で笑っていたい。

ただそれだけだった。


入院してから二週間が経った。私たちはまだ、どちらも生きていた。

榊と一緒に笑って、たまに無茶をしすぎて看護師さんたちに呆れられる。そんな日々が楽しくて、宝物のようにキラキラと輝いていた。

時折、はしゃぎすぎて苦しくなって、片桐さんに叱られることもあったけれど、みんな強く怒ることはない。

その理由を、私は知っていた。だんだん苦しさが酷くなっていることも、そして回診に来る主治医の表情がどんどん曇っていることも。

こんな日々がいつまでも続けば良いと、そう願ってしまう。

そんなこと、あるはずがないのは私たちが一番よく知っていたはずなのに。

——幸せな日々は、ある日、あっけなく終わりを迎えた。

その日も、榊は私の病室に遊びに来ていて、椅子に座ってふたりで話をしていた。「そろそろ上着がないと病室にいても肌寒くなってきたね」とか「ドーナツ屋さんの新商品が食べたいんだけど病院まで配達してくれないかな」とか、本当にどうでもいい話を。

「はぁ、こうやって話すの、楽しいな」

椅子の上で伸びをしながら榊は笑う。私もこんな時間を榊と過ごせることが楽しくて仕方がなかった。ここが病院の中でなければ、きっともっと楽しかったと思う。

「俺さ、ずっとこうやって梨乃と喋りたかったんだ」

「榊?」

急に真面目なトーンで話し始めた榊に戸惑いを隠せなかった。

「梨乃は知らなかったかもしれないけどさ、俺、小学校の時、梨乃のこと大好きだったんだよね」

それは、突然の告白だった。

「明るくて、一緒にいると楽しくて、ずっと隣に梨乃がいるんだって、そう思ってた。でも六年の終わりに梨乃のことを傷つけて、そのまま中学に入って梨乃に会えなくなって後悔した。だから高校に入って、また同じクラスに梨乃がいて、すごく嬉しかったんだ」

私が榊を避けている間、そんなふうに思ってくれていたなんて、知らなかった。

「どうやって話しかけたらいいかなって、ずっと考えてた。いつかちゃんと謝って、もう一度話せるようになりたい。いつか、いつか……。ずっと先延ばしにしていた罰が当たったのかな。自分が病気になって死ぬんだって知ったとき、いつかなんて自分が動かなければ一生来ないんだって初めてわかったよ」

椅子に座ったまま、榊は手を伸ばす。その手は、私の手に触れた。

「こうやって梨乃に触れたかった。名前を呼びたかった。好きだって、伝えたかった」

「さ、かき……」

「梨乃は？　梨乃は俺のこと、どう思ってる？」

「私、は……」

喉がキュッと狭まって、言葉が上手く出てこない。私も榊が好きだよって、小学生の頃から、ずっとずっと好きだったって、そう伝えたいのに。

「わた、し……も……」

「……っ、く……」

「え……？」

私が口を開こうとした瞬間、榊の手が私から離れた。

「榊……？　どう、したの……？」

様子がおかしい、そう思ったときには、もう遅かった。榊はうつろな目をしていて、私を見ているはずなのに焦点が合っていなかった。

「り……の……」

なにかを言いたそうに口をパクパクとさせて、そして――バタンという音を立てて、榊はその場に倒れた。

「榊⁉　榊！」

慌ててナースコールを押す。けれど、指先が震えて上手く押せない。カチカチと爪が当たる音がして、それからようやくナースステーションに繋がった。

「梨乃ちゃん？　どうし――」

「榊が！　榊が！」

私のただならぬ声に息を呑む気配がしたかと思うと、廊下が騒がしくなった。

慌てた様子の片桐さんが入ってきて榊を確認すると、すぐにストレッチャーが運び込まれる。

「榊は大丈夫なんですか⁉」

私の問いかけに誰も答えてはくれない。それが、榊の現状を物語っているように思えて余計に不安になる。

「梨乃ちゃん！」

いつの間にか、隣には片桐さんの姿があった。

「あ……」

「ビックリしたよね。とにかく、ベッドに……」

「片桐さん！　榊は、榊は大丈夫ですよね？」

私の問いかけに、片桐さんは目を伏せ、唇を噛みしめた。

「尋常じゃない程の頭痛が、日向君を襲っていたと思う」

「そんな……」

「それでも、彼は梨乃ちゃんと一緒に過ごしたかったのね」

「……っ」

榊の急変を知らせるための、けたたましいほどの放送が病棟に響き渡る中、私はただ呆然と立ち尽くしたまま、運ばれていく榊の姿を見つめることしかできなかった。

榊が来なくなってから数日が経った。集中治療室へと移されたせいで、榊の病室は空っぽになっていた。たまに覗きに行っては誰もいないベッドを見て心が沈む。

自分の病室にはいたくなくて、廊下に置かれていたベンチに座って一日を過ごすことが増えた。しんと静まり返った病室では空調の音が耳障りなほどに鳴り響き、それがまた気持ちを暗くしていくのだ。

いつ目覚めるのか、もう二度と目覚めないのか、それすらわからないと片桐さんは言っていた。

こんなにも突然会えなくなるのなら、もっとちゃんと伝えておけばよかった。榊のおかげで、この数か月がどれほど輝いていたか。苦しいだけだった入院生活を、どんなに楽しく過ごせたか。

榊のことを、どれほど好きだったか――。

「……っ、く……。ふ……うっ……」

頬を伝い落ちた涙は、シーツにシミを作っていく。

榊に会いたい。会って、それで、それで――。

「梨乃ちゃん！」

大きな音を立てて病室の扉が開く。涙でぐちゃぐちゃになった顔をそちらに向けると、息を切らせた片桐さんの姿があった。

移動距離が長いから、と入院した日と同じように車椅子に乗せられる。エレベーターに乗り、長い通路を進んだ先に集中治療室はあった。

「今、ご両親がいらしてて……それで、梨乃ちゃんを呼んでほしいって言われたの」

「私、を……？」

どうして、と尋ねるよりも早く片桐さんが言った。

「最後に、日向君が会いたい人に会わせてあげたいって」

その言葉がなにを意味しているのか、わからないはずがなかった。

膝の上に置いた手が震える。視線を上げるのが怖くて、顔を伏せていた。でも。

「り……の……」

榊の、声が聞こえた。

「さ、かき……！　榊！」

逸る気持ちを抑えきれず、車椅子から立ち上がると私は榊が横たわるベッドへと向かう。土気色をした顔、繋がれたたくさんのチューブやコード、頭に巻かれた包帯。聞かなくても、今の榊がどういう状態なのかわかる気がした。

「り、の……」

布団の間から伸ばされた手を掴む。冷たくて、生気のない手。まるで——。

「……っ、榊！」

私は、わざと明るい声を出す。絶対に、泣かない。榊が最後に見た私の顔が泣き顔なんて、絶対に嫌だ。

「賭け、私の勝ちじゃん」

冗談めかして言った私に、榊は——ふっと笑った。

「お、れの……か、ち、だよ……」

榊はお母さんを見る。すると、榊のお母さんはなにかを私に差し出した。

それは、臓器提供意思表示カード――いわゆる『ドナーカード』だった。

「な、んで」

心臓の欄に〇がついたドナーカードを握りしめたまま、私はイヤイヤをする子どものように首を振る。こんなの、嫌だ。こんなこと、私は望んでいない。

「俺、の……心臓を、あ、げる」

「やだ……やだよ……」

「梨乃」

「聞きたくない……」

「俺の、ぶんま、で……い、きて」

「榊、待って。私！」

「梨乃……ずっと、大好き、だ……よ……」

そう言ったかと思うと、榊の手は私の手の中からするりと抜け落ちた。

「い、や……嫌！　嫌だ！　榊！　榊ってば！」

アラートが鳴り響き、たくさんの医者が、片桐さんが駆け寄ってくる。私は片桐さんに車椅子に乗せられながら、泣き叫んだ。どうか榊が助かりますように、と。

第五章

ご飯を食べることも、誰かと話をすることも拒絶して私はベッドの上にいた。あのあとパニック状態に陥った私は鎮静剤を投与され、ベッドで安静にさせられていた。榊のことを思い出すと今も涙が止まらない。もうすぐ榊の命が消えてしまう。信じたくない現実から目を逸らし続けていた。

今こうしている間にも、榊は――。

部屋が薄暗くなって、夕暮れは夜へと移り変わろうとしている。榊と久しぶりに話したあの日は、まだ夏の香りが残っていたのに、今ではもう冬の足音が聞こえて来そうなぐらいだ。

膝を抱えて顔を埋める。なにも考えたくないのに、榊のこと、心臓移植のこと、脳死のこと、私の心臓のこと、いろんなことがグルグルと回り続けていた。

「失礼してもいいかな」

病室が真っ暗になった頃、扉の向こうで男性の声がした。聞き覚えのない声に身構えると「日向君の主治医の多崎です」と声の主は言った。

「急に悪かったね。休んでたかな」

「いえ……。どうしていいかわからなくて……私……」

「そうだよね。突然、移植なんて言われて驚いたと思う。だけど、時間がないんだ」

多崎先生は厳しい表情を私に向けた。

「意識がない状態が続けば、遅くとも数日中には日向くんに脳死判定が出ると思う」

「脳死、って、え、な、なに言って……」

言われた言葉の意味を理解するのが怖くて、自分自身の身体を強く抱きしめる。

信じたくない。だって、脳死ってことは、つまり――。

「嘘、ですよね……？」

絞り出すように問いかけた言葉に、多崎先生は静かに首を振った。

「それで、梨乃ちゃんに心臓移植について話をしておきたいんだ」

「……っ」

『心臓移植』という単語に、息が止まる。榊が持っていたドナーカード。あれがどういう意味を持つものなのか、わからないわけがない。そして心臓移植を受けるということが、なにに繋がるのかも。

「嫌です」

無意識のうちに、口がそう答えていた。

「梨乃ちゃん、でもね」

「だって、私が榊の心臓をもらっちゃったら！　榊は……榊は……」

榊の心臓をもらうということは、榊が死んでしまうということだ。今、まだ榊は生きている。榊の命を止めてしまうようなこと、私にはできない。

「そうだよね……。すぐには決断できないことだと思う。でもね、脳死になれば心臓が止まるのも時間の問題なんだ」

「そん、な……」

「今、日向君に万が一のことがあれば……。その心臓は、梨乃ちゃん。君に移植される可能性が高い」

「いやっ！　だって、そんなことをしたら榊は！」

そんなこと、できるわけがない。

顔をしかめながら多崎先生は一冊のノートを差し出した。

「これは……」

「それにはね、日向君が書き残したものがあるんだ」

「榊が、ですか……？」

手渡されたノートを、そっと開く。するとそこには几帳面（きちょうめん）な字で、ぎっちりと書き込みがあった。

「ドナーが選ばれる基準、日向君と梨乃ちゃんの血液型の一致、梨乃ちゃんの年齢が十六歳未満であること、同じ県内に住んでいて同じ病院に入院していること。それ以外にも複合的な条件を考えると、日向君が脳死になったとき、レシピエントとして梨乃ちゃんが選ばれる可能性が高いだろう、ということ」

書かれている内容を、田崎先生はひとつずつ聞かせてくれた。

「僕が彼に説明したことがここには書かれている。ドナーカードと一緒に引き出しに入れられていたのをご両親から借りてきたんだ。君に見せなければと思ってね」

「さ、かき……」

「最初はどうしてこんなことを聞きに来たのかと不思議でね。万が一のことがあったときのために臓器提供の意思を示す人はいても、自分の臓器がどういう基準でどこの誰に移植される可能性が高いか、なんてこと聞く子は初めてだったよ。……誰のためか、わかるよね」

多崎先生の話にボロボロと涙があふれる。榊は自分が死んだあと、私を生かすことだけを考えていた。あんなにも明るくて前向きで諦めないと言っていたのに、全部全部嘘だった。

ギュッとノートを抱きしめる。まるでそれが榊の思いであるかのように。

「……全部、見てあげてくれないか」

多崎先生の言葉に導かれ、私はノートをペラペラとめくる。臓器移植についてまとめられたあとは白紙のページが続き、なにも書かれてなどいなかった。どういう意味ですか、と尋ねようとしたそのとき、最後のページになにか書かれているのが見えた。

これは――。

「う、そ」


『梨乃といっぱい話がしたい』

『手を繋いで一緒に砂浜を走りたい』

『遊園地に行って観覧車に乗りたい』

『一緒に勉強がしたい』

『修学旅行、ふたりで回りたい』

『ふたりでまたチョコアイスが食べたい』


ページに書かれていたのは、私との未来だった。

「移植のことを聞いては来ていたけれど、日向君は梨乃ちゃんと生きることを諦めてはいなかったんだよ。『ふたりで行きたいところがいっぱいあるから、俺も梨乃も病気に負けてなんていられないんです』って照れくさそうに笑ってたよ」

「こん、なの……」

移植の話が書かれているページとは違って、弱々しい、不安そうな榊の字。どんな思いでこれを書いたのか、想像しただけで胸の奥が苦しくて仕方ない。

「ふ……っ、くっ……あっ、あああっ」

榊の残したノートを抱きしめながら、私は泣いた。

泣いて泣いて、涙が涸れるほど泣いて――、それから顔を上げた。

『俺は、梨乃に生きてほしい……。勝手なことを言ってるってわかってる。手術を受けるのは梨乃なのに。でも、死なないでほしい。生きていてほしいんだ……』

脳裏によみがえるのは、榊の声と、それから前だけを見つめる明るい笑顔。

いつだって榊は、前だけを見つめていた。今までも、そしてきっと今も。

覚悟を決めよう。そう思って口を開こうとした、そのとき。突然、廊下が騒がしくなった。

「多崎先生！」

ノックをすることなく、私の病室の扉が開かれる。そこには顔色を変えた看護師さんの姿があった。

「日向君が！　脳波が弱くなっていて……！」

「さ、かき……？」

一瞬、看護師の言った言葉の意味がわからなかった。けれど。

「すぐに行く」

切羽詰まったような多崎先生の言葉に、榊の命の灯火が消えようとしていることを理解した。

多崎先生は白衣を翻すと、足早に私の部屋を出て行こうとする。

「多崎先生！　待って！　私も！　私も連れて行って！」

真っ白な背中を必死に呼び止めるけれど、先生は振り向かない。

頬を涙が伝い落ちる。それを拭う余裕なんて、今の私にはない。

「私、移植を受けます！」

真っ直ぐに多崎先生の背中を見つめる。もう迷いはなかった。

私の言葉に、わずかに足を止めた多崎先生が、静かに頷いたのが見えた。

榊の病室を訪れる許可が出て、片桐さんに連れられた私は榊の元を訪れる。

「ふたりに、してもらえませんか……？」

そう伝えると、片桐さんは静かに頷き、榊の部屋をあとにした。残されたのは、私と榊のふたりだけ。

あの日と同じように、榊はベッドに眠っていた。少なくとも、私の目には眠っているように見えた。

「榊、私、心臓移植できることになったよ」

榊の脳死が判定された翌日、私の両親のところに一本の電話が入った。それは心臓移植が受けられることが決まったという連絡だった。

ドナーとなる人のことは教えてもらえない決まりになっている。でも。

「榊、だよね」

榊のご両親が多崎先生を通じて、榊の臓器が何人かの移植希望者に移植されることが決まったと教えてくれた。肺、肝臓、腎臓、膵臓、そして心臓が移植されることになったそうだ。

「賭けはきっと、榊の勝ちだよ」

榊の頬に手を触れると、私は——そっと唇に口付けた。あたたかくて、少しだけかさっとしている榊の唇に。

「多崎先生から聞いたよ。私のために一杯調べてくれたって。……ありがとね」

榊の望み通り、きっと私は助かる。でも。

「隣に、いてほしかった」

榊の心臓は、私の中で生きていく。でももう二度と笑い合うことも、言葉を交わすこともできない。こんなにも近くにいるのに、誰よりもそばにいるのに、もう二度と会うことは、ない。

「さ、か……き……」

このぬくもりにはもう二度と触れられない。もう動くことのない榊の身体を抱きしめながら、こぼれ落ちた涙で布団が冷たくなるまで泣き続けた。


数か月後、桜が舞い散る中、私は榊のお墓の前にいた。

榊にもらった心臓は今、私の身体の中で動き続けている。けれど、拒絶反応に感染症、原因不明の発熱を繰り返し、冬を飛び越え、春になりようやく退院をすることができた。

「ごめんね、遅くなっちゃって」

お墓に向かって話しかけるけれど、もちろん返事はない。

この数か月、あまりの苦しさに泣き言を言いたくなる日もあった。でも、そのたびに私の身体の中から『大丈夫』『頑張れ』と榊が言ってくれている気がして前を向くことができた。

「榊の心臓、今日も元気に動いているよ」

その場にしゃがむと手を合わせる。

「ねえ、榊。私ね、榊のこと大好きだったよ。……気付いてたかな」

素直に気持ちを伝えられなかった。お別れが来ることはわかっていた。なのに、なにひとつ伝えられなかった。榊はあんなにも想いを伝えてくれていたというのに。

「榊、さか……日向」

生きている頃に呼べなかった名前。今さら呼んだって遅いことはわかっている。もう榊はいない。榊には届かない。

後悔ばかりが残ってしまった想いを、榊に直接伝えられる日はきっとまだまだ先のはず。

だからその日まで私は、榊の心臓と一緒に生き続ける。榊の生きたかった明日を、榊の心臓と一緒に。

「日向、大好き。ずっと、ずっと大好きだよ」

まるで返事をするかのように、心臓がトクンと大きく跳ねた。

そこにたしかに榊の存在を感じて、一筋の涙が私の頬を伝い落ちた。

もういない、君のことを想って。

余命三か月、「世界から私が消えた後」を紡ぐ

湊祥

『世良、すっごく歌上手じゃん！　なんだろっ、なんか心がぶわーって、うおーってなった！　え、もっと聞きたいっ。ねー、次は「パプリカ」歌って！』

興奮のあまり、私は早口で捲し立てる。

すると世良はきょとんとした顔をした後、『え、マジ？　嬉しい』と、はにかんだ微笑みを浮かべた。


――これは今から十年近く前の出来事。私たちが小学校低学年の時のことなのに、とても鮮明に覚えている。

世良とは、家が近所で幼稚園の頃から家族ぐるみの付き合いをしていた。

この日はお互いの母親と私と世良の四人で、カラオケに遊びに来ていたんだ。

それまでにも、カラオケには私とお母さん、お姉ちゃんの三人で何度かは行っていた。

だけど私は、そこまでカラオケという遊びが好きじゃなかった。

歌うのはまあまあ楽しかったけど、お母さんやお姉ちゃんが歌うのは知らない曲ばっかりで、待ち時間の方が長かったから。

正直、自分が歌っている以外の時間は退屈だった。

だから四人でカラオケという話が出た時も、あまり気が進まなかった。

だって、ますます待ち時間が長くなるじゃない？

カラオケっていうのは、人が歌っている間は我慢して聞いてあげて、自分の番をひたすら待つ……そういう遊びだって思い込んでいた。

今回は母親同士が乗り気だったから渋々ついてきた。世良が歌うのはたぶん私も知っているアニメの主題歌とかだよな……と考えて、なんとか楽しみを見出そうとしながら。

・母親ふたりが先に歌い終わって（二曲とも例に漏れず知らなくて古い曲だったからつまらなかった）、次は世良の番になった。

何を歌うんだろうって画面を見たら、『ハナミズキ』と出ていた。

え、何これ知らないよ。

イントロの間に『何の曲？』って世良に聞いたら、

『お母さんが前に歌ってたのを覚えたんだ～』

って楽しそうに答えてくれた。

えー、なんでお母さん世代の曲なんて歌うの……。あーあ、早く終わらないかな。

私はとてもがっかりした。今日は待ち時間がいつもより長い、退屈なカラオケになりそうだったから。

――だけど。

世良が歌い出した瞬間だった。

知らない曲はつまらないだとか、早く自分の番になればいいのにだとか、そんな気持ちは一瞬で吹き飛んでしまった。

世良の柔らかく美しい声が室内いっぱいに広がると同時に、私の体内に強い風が吹き乱れた。お腹の底から興奮が激しく込み上げる。

サビになって、世良の口から高く伸びやかな声が広がると、今度は血管が沸騰しているんじゃないかって思えるほど、体が熱くなった。

歌を聞くだけで心が動かされるなんて、生まれて初めてだった。

なぜか自然と目尻に涙が溜まる。悲しい時以外に涙が出るのも、幼い私には初体験だった。

俄かには信じられなかった。

狭い室内を満たしている美声が、いつも私と大声を上げて走り回ったり、ゲームをして笑い合ったりしている世良から放たれているなんて。

世良は口を動かしているだけで、歌手の人の歌声を流してるんじゃ?とすら思った。だってリズム感も音程も、完璧だったから。

歌が終わると、私のお母さんも『世良くん歌うまっ』って興奮していた。

世良のお母さんは『あー、なんだかね～』とまんざらでもない様子で笑っていた。

でも大人たちの反応はたったそれだけだった。

『あ、次は美織の番だよ。まだ曲入れてないの？』ってお母さんが促してきた。

いやいやいや。私は今、それどころじゃないよ。

もう自分の歌の番なんてどうでもいいし！

だって世良の歌を聞く方が断然楽しいに違いないもん！

カラオケは自分の順番以外退屈、という概念を世良によってあっさりと崩された私は、彼を褒めちぎった。

そして自分の番は全部世良に歌わせて、たくさんたくさん胸が熱くなる感覚を楽しんだ。

カラオケが終わった後も、私の興奮が止まらなくって。

『世良本当にすごいよ！　将来歌手になれるんじゃない!?　ってかなってよ！』

世良の歌を聞いたら、絶対にみんな感動する！

映画とかが面白かった時にお客さんみんなが立ち上がって拍手するやつ……何だっけ、スタンディングオベーション？ってやつをやるに違いないよ！

お母さんも『世良くんの歌、聞きほれちゃうな～』って言ってたし。

すると世良は照れくさそうに小さく笑った。

『俺が歌手？　えー、どうかなあ』

『なれるなれる！　私応援するからっ。私がファン一号ね！』

『あはは。美織ありがとー』

熱を込めて言ったのに世良の返事はなんだか軽くて、ちょっとがっかりしたのを覚えている。

まあでも、本人に歌手になる気がないのなら私がしつこく言ってもなあって、その時は思った。

だから中学生になってすぐに、世良に『将来歌い手になりたいんだ』って夢を打ち明けられた時は心の底から嬉しかった。

歌い手については私も知っている。

ネットで「歌ってみた動画」をアップし、人気が出たらオリジナルの曲をリリースしたりライブしたりする、まさに歌うために生きているような人たちのこと。

『歌い手⁉　えー、嬉しい〜！　世良なら絶対になれるよっ』

『美織、めっちゃ喜んでくれるじゃん。そういえば初めてカラオケに行った時もすっげー褒めてくれたよな』

『うん！　あの時から世良は歌手になればいいって私思ってたよっ。本気で応援するから！　私、ファン一号だし』

『ありがと。……あ、そうだ。じゃあ美織、俺に曲作ってよ』

『曲？』

予想外のことを言われて首を傾げると、世良は瞳をキラキラさせてこう続けた。

『うん。美織、ピアノ上手だし。作曲とかできそうじゃん？　作詞もしてよ！』

確かにピアノは幼稚園の頃からやっているからそれなりに弾けるけど、先生に渡された楽譜を練習して弾いているだけだからなあ。

作詞作曲なんてどうやればいいのか見当もつかないよ。

私にできるのかなってちょっと不安だったけど、世良の夢に私が関われるかもしれないと思うと、わくわく感の方が勝った。

『うーん。じゃあやってみようかなあ、作詞作曲』

『やった！　楽しみ』

『で、できるか分かんないからあんまり期待しないでね』

なんて保険をかける私だったけれど。

世良に私の作った歌を歌ってもらう光景を想像していたら、それだけで楽しくなっちゃって、数日後にはなんだかそれっぽいメロディが浮かんだ。

世良の好きな流行りのボカロ曲っぽい、どこか寂しいけど綺麗な感じのメロディが。

それを学校帰りに、『メ、メロディだけ聞いてくれない？』とおっかなびっくり世良の前で口ずさんだ。

作詞はまだできていなかったから、「ラララ」で歌った。

するとせ良は。

『え、なんかめっちゃいい感じじゃね!? なんていうか、エモいっていうか? すっげー歌ってみたい！』

形の綺麗な瞳を輝かせて、テンション高く世良が言った。

その様子に、安堵した後嬉しさが込み上げた。

『ほんと？』

『ほんとほんと！ じゃあ次は作詞だね』

『うん！ 頑張る～』

弾んだ声で私は答えた。

そう、このメロディには私が詞をつける予定だったんだ。

だけど作詞しないまま、もう四年もの歳月が経ってしまった。

そしてたぶん、それはもう永遠に完成しない。

だって私はあと三か月で、死んでしまうらしいから。

＊

「ねえ。美織ちゃんって、世良くんと幼馴染ってほんと？」

休み時間に話しかけてきたのは、クラスメイトの麗華ちゃんだった。

明るく染めた長い髪をいつも綺麗に巻いていて、涙袋を強調したメイクがとても似合っている、一軍女子のひとり。

別にいじめられているわけじゃないけど、教室で浮かない程度にしかクラスメイトと接していない私は、あまり彼女と話したことはない。

だけど麗華ちゃんに限らず、世良について誰かに尋ねられるのは慣れている。

またかって、内心うんざりした。

だけど私は笑顔を作った。

クラスの権力者との間にはあまり波風を立てたくない。

「あ……うん。小さい頃は仲良かったよ。でも、中学の途中からはほとんど話してないなあ。あの人すごく人気になっちゃって、私なんかが近寄りがたいっていうかさ」

「えー。でも幼馴染なら話そうと思えば話せるでしょ？　世良くん誘ってどこか遊びに行こうよ」

私と麗華ちゃんだって遊んだことなんてないのに、なんでそんなお願いできるんだろう……。

と、思ったけれど、もちろんそんなことは口に出さない。

「無理無理。もう向こうは有名人で、私のことなんて相手にしてないからさ。ごめんね」

申し訳なさそうな笑みを浮かべて私はそう答えた。

なんだか手持無沙汰で、自然と前髪を触ってしまう。

「そっかあ……」

とても不満げだったけれど、麗華ちゃんは渋々納得してくれたようで、背を向けて去っていった。

私のことなんて相手にしてないからさ、っていう言葉が腑に落ちたんだろうな。

実際、中学一年生の時からあまり世良と会話をしていない。

少なくとも、私の方から彼に声をかけることはなかった。

もう高校二年生なんだから、自分の立ち位置くらい分かっている。

世良と私は、スクールカーストでの位置があまりに離れているんだ。

教室で平和に過ごすには、立場をわきまえて、暗黙の了解に従わなければならない。

でもふと、どうせもうすぐ死ぬんだから、他人の顔色なんて窺わずに好き勝手やればいいんじゃない？って思う瞬間もある。

だけどやっぱり、もうすぐ死ぬからこそ、残された短い時間を平和に過ごしたいって、私は思い直してしまう。

その後学年集会があり、二年生の全員が体育館に集められた。

「あ、世良くん今日来てる」

「ほんとだ……！　やっぱかっこいいね～」

集会の間、私の前に並んだ女子ふたりが、小声でそんな話をしていた。

隣のクラスの列の中に、世良は紛れていた。

いや、紛れていたっていうのは違うか。世良のいる場所だけ光り輝いているようにすら見える。

歌い手活動のために特別に許可を得たのか、明るくブリーチされた髪は、その色が地毛だったんじゃ？って思えてしまうほど、色素の薄い世良にはよく似合っていた。

真っ黒なマスクで顔半分は覆(おお)っているのに、切れ長で大きな瞳が隠れていないせいで魅力がだだ漏れている。

ただそこに存在するだけで、世良は選ばれし者のオーラを放っている。

最近の世良は歌い手活動に忙しくて、学校を休むことも多いみたいだけど、珍(めずら)しく登校日だったようだ。

他のクラスの女子たちも、世良の噂(うわさ)をしているようでちらちらと彼に視線を送っていた。当の本人はどんな様子なのだろうと、つい私は世良の方を見てしまう。

女子たちの熱視線なんてまるで気づいていない様子で、世良はマスクの下であくびをしていた。

歌に関すること以外は興味がなく、天然気味な世良らしい。

すると世良と目が合ってしまい、私は硬直した。

しまった、と思った時にはもう遅く、世良は目を細めると私に手を振ってきた。

手を振り返すか迷ったけれど、慌てて私は世良から顔を背けた。

世良に悪いなって一瞬思ったけれど、その後は苛立ちが生まれる。

こっちがせっかく距離を置いているっていうのに。相変わらず、何も分かってないんだから。

確かに世良は世界一……いや、宇宙一かっこいい。誰よりも早い段階で私はそれを知っている。

歌い手として活動する前から、私は世良に恋をしているのだから。

だけど私は世良とはどうしたって釣り合わない。

外見だって、才能だって、……命の長ささえ。

私がこの世から消えても、身内が少しの間悲しむだけで、世界はほとんど何も変わらないだろう。

だけどもし世良がいなくなったら、多くの人が嘆き悲しむ。

現在アップされている世良の「歌ってみた動画」は再生数が爆上がりし、追悼イベントなんかが行われるかもしれない。

後追いするファンすら現れてしまうかも。

特別な世良と普通の私は、世界に与える影響があまりに違うのだ。


そんな私が余命三か月だと病院で宣告されたのは、つい最近のこと。

しばらく前からめまいと食欲不振はあったけど、面倒で放っておいた。

だけどある日、あまりにも顔色が悪かった私を、たまたま仕事が休みだったお姉ちゃんが病院に連行した。

恐らく疲労や貧血だろうと、その時は医師に言われた。

だから念のため行った検査のはずだったのに、結果を聞きに行ったらいきなり余命宣告された。

信じられなくて、泣きわめくお姉ちゃんの隣でぼんやりと医師の説明を私は聞いた。

名前を覚えるのが難しい、とても珍しい病気だった。

死の一か月くらい前まではそこまで病状は重くなく、めまいや倦怠感と付き合いながら日常生活を送るくらいの行動は取れる。

だけど余命一か月を切ると急激に悪化し、入院しなければならなくなるとのことだった。

治療法は無い、また一週間後に病状を診る、今日はお帰りくださいと事務的に主治医に言われ、帰宅した後。

病院から渡された病気の説明の紙を見て、私はようやく自分がもうすぐ死ぬらしいということを実感した。

それから心はずっと沈んでいた。

こんなに苦しいなら今すぐ死んでもよくない？って思ったのも、一度や二度じゃない。

だけど、自分から死ぬ勇気なんてもちろんなくって。

私はあと三か月弱で訪れる自分の死に怯えながら、日々を過ごしていたんだ。

もう学校なんて行かなくてもいいかなって考えて、余命宣告された次の日は学校を休んだ。

でも家にひとりでいる方がきついわ……ってすぐに思い直した。

やることがなくて、自分の運命についてばかり考えてしまうから。

学校で、私の余命のことなんて何も知らない先生や同級生と過ごし、もう私には意味のない授業を真面目に聞いている方が気が紛れた。

だから帰宅するのは憂鬱だった。

今日の下校中も、私は深く嘆息をしてしまう。

するとスクールバッグに入れていたスマホが震えた。

画面を見てみたら、登録しているSNSからの通知だった。

『落ち込んでいる時は、つい世良くんの歌を聞いちゃうんだよね～』

今朝私が呟いたそんなポストに、誰かが♡を押してくれていた。

きっと私と同じような、世良のファンだろうけれど。

世良とは中学生の初めくらいまでは仲が良かった。

一緒に登下校をし、放課後はカラオケに行ったりどちらかの家で音楽を聞いたりし、家族よりも長い時間を共に過ごした。

小学生の頃友達にハブられた時も、テスト勉強をサボって親に叱られた時も、世良は私の隣にいてくれた。

そんなの、世良に恋をしてしまうに決まっている。

まあ世良はたぶん、私を異性とは認識していなくって、とても気の合う友人としか思っていない。

だって近寄った時に顔を赤らめるのは、残念なことに私だけだったから。

そんな世良は、中学二年生の時に初めてネットに「歌ってみた動画」をアップした。

その動画がたまたまインフルエンサーの目に留まり、それがきっかけでSNSで拡散され、なんと数週間で百万再生を突破。

そして今や、チャンネル登録者数五十万人の超人気歌い手となった。

オリジナル曲はまだ発表されていないけれど、きっと近いうちにメジャーデビューするのだろう。

私はその夢を何年もずっと応援していた。

中学生の初めまでは世良の隣で大々的に。

その後はこっそりと、内密に。

中学に入学しても、小学生の時と同じようなテンションで世良の隣にいた私だったけれど、周囲はそうじゃなかった。

世良と一緒にいるには、私はあまりにも不格好だったのだ。

それまで、世良と私の距離があまりに近すぎたためか「世良ってよく見ると顔整ってんなあ」くらいの認識でいた私だったけれど、中学生にもなると足の速い男子よりも、顔面レベルの高い男子の人気が出る。

コミュ力や頭の良さ、才能、垢抜け具合などによって人気を獲得する人もいるけれど。

そして教室では、自然と自分のレベルに合った者同士でつるむようになる。

仲間になれるとしても、せいぜい自分のレベルのひとつ上か下くらいまでだ。

三軍の平民が一軍の王子や姫と仲良くしようものなら、仮に本人同士がよかったとしても、周りが許さない。

小学校高学年の時も薄っすらその傾向はあったけれど、中学に上がるとその価値観は顕著になった。

同い年しかいない狭い教室内では、周りからどう見られるかが一番大事だった。

なお、歌にしか興味のない世良は、思春期のみんなの事情にはあまり関心が無いようだった。

だけど、テレビの画面に映っていてもなんらおかしくないほど容姿が整っている世良の存在を、みんなが放っておかなかった。

『なんであんな奴が世良くんと一緒にいるの？　全然釣り合ってないじゃん』

『マジそれな。身の程を知れっつーの』

そんな言葉をひそひそと――時には面と向かって派手な人たちから浴びせられた私は、世良から離れるしかなかった。

私は地味だったし、人見知りだったし、特別な才能も持ち合わせていなかったから、教室の隅っこでおとなしくするのが似合っている人種だったんだ。

小学生から価値観がアップデートされていなかった自分が悪かったんだ、仕方がないって納得できた。

そして私が一緒にいたら、世良まで悪く言われてしまうかもとも思った。

世良には『仲いい子ができたからその子と一緒に学校行く』とか『勉強頑張りたいから放課後遊べない』とか嘘をついて距離を置いた。

それでも世良は私に近寄ってきたけれど、そのうち歌い手活動で忙しくなったみたいで、自然と関わりは薄くなっていった。

だけど困ったことに、私の中の世良を好きな気持ちは消えるどころか大きくなってしまっていた。

世良が毎日のように、「歌ってみた動画」をアップしたり、SNSで近況を呟くせいだ。

私は私だってバレないように、SNSに世良のファンアカウントを作っていた。世良のチャンネル登録数が二桁だった頃からの、古参と偽っている。

本当は、ファン第一号、小学生の時からの最古参だけれど。

世良の曲の感想や応援を呟いているうちに、世良のファンがたくさん私のアカウントをフォローしてくれた。

たまに過激なファンから揚げ足取りみたいな批判はされるけど、だいたいのフォロワーは私に共感してくれていたようだった。

人気がない頃は、世良も私の呟きにいちいち返事をくれたけど、最近はほとんどくれない。

まあもう、いちいちファンの呟きに構っている余裕などなくなってしまったんだろう。

帰宅すると、十歳上のお姉ちゃんとふたり暮らしの家には誰もいなかった。

お父さんは私が物心つく前に交通事故で死んでしまったため、お母さんはシングルマザーだった。

だけどそのお母さんも私が中学生の時に病気で死んでしまった。

とても悲しかったし、すごく不安だったけれど、お姉ちゃんが「美織には私がいるからね」って隣で笑ってくれたから、私はなんとか元気を取り戻せたんだ。

それからはお姉ちゃんが私の親代わりだった。

『美織の進学費用は十分にあるんだから、大学に進学しなよ』

この病気が分かる前、お姉ちゃんは笑顔で私にそう言った。

でもそのために、お姉ちゃんが一生懸命働いているって私は知っている。

ほとんど自分のためにお金を使うことも、遊ぶこともなく。

私の存在がお姉ちゃんの重荷になっているのは明らかだ。

私なんていない方が、お姉ちゃんは幸せだろう。

私のために貯めてくれていた進学資金だって、お姉ちゃんのものになる。

──私って何のためにいるんだろう？

お姉ちゃんのお荷物でしかない上に、学校ではいてもいなくてもいい存在だし、好きな人は別次元の人間だし。

あー、だから死ぬのかなあ。

妙に納得できたけれど、あまりにも残酷な真実に、涙が出そうになった。

だからつい、SNSでこんなことを呟いてしまった。

『この前余命三か月って言われちゃった。最期くらい、世良くんが一緒にいてくれないかなあ』

って。

ポジティブなことしか呟かないよう気をつけていたのに。

弱音を吐き出す場所がどこにもなかったから、漏らしてしまったんだ。

やっぱり消そうってすぐに思い直したけど、もう遅かった。

『嘘くさ。うざい』

『同情で世良くんを釣ろうとかキモすぎるんですけど』

呟いてから数分でそんなコメントがついてしまっていた。

私は慌てて呟きを消す。

たぶんそんなに多くの人に見られてはいないから、これ以上の騒ぎにはならないだろう。

だけど私には、SNSにすら居場所がないみたいだ。

もう悲しいを通り越して、むなしくなった。

こういうのを何ていうんだっけ。あ、そうだ虚無だ。虚無感。最近国語で出てきたなあ。

自室のベッドに寝そべりながら、ぼんやりとそんなことを考えているうちに、症状を緩和（かんわ）する薬の副作用のせいで、私は眠ってしまったんだ。


コツッ。

懐かしい音だった。

自室の窓に、小石がぶつけられた時の乾いた音。

世良はいつも窓に小石をぶつけて自分が来たことを私に知らせる。インターフォンを押すとお母さんかお姉ちゃんが出ちゃって、いちいちやり取りが面倒だからって。

まどろみの中でその音が聞こえた気がした。

世良と昔みたいに遊びたいっていう、私の願望が起こす幻聴――かと思いきや。

何度もその音が聞こえてきて、徐々に意識がはっきりしてきた私は、その音が現実だと気づく。

え、まさか……!?

飛び起きて窓を開け、外を見ると。

「よっ、美織。あれ、寝てた？　なんか横の髪変になってるけど」

微笑んでいる世良がいた。

私たちを隔てていた期間などなかったかのように、親密だった時と同じような調子で。

「え……世良、なんで……？」

側頭部の髪を手櫛で直しながら、私は目を見開く。

何しに来たの？　私たち最近ほとんど話してないのに？　歌い手活動で忙しいんじゃないの？　私と世良は釣り合わないのに？

「なんで」という一言に、自然といろいろな意味を込めてしまう。

しかしそのすべての疑問は、世良の次の一言でどうでもよくなってしまった。

「俺さ。しばらく活動休止するんだよね」

「へ……？」

あっけらかんと放たれた言葉だったけれど、理解が追い付かなくて間の抜けた声を上げてしまう。

「いや、歌い手になる！って決めてから今までずっと突っ走ってきたからさー。たまには充電期間っていうの？　そういう時間があった方がいいかなって」

「なんで今……？　今人気がすごいんだから、休まない方がメジャーデビューできそうじゃない？」

やっと活動休止について理解した私は、つい思ったことを尋ねてしまう。

「メジャーデビュー前だから自由に時間取れるんじゃん」

まあ確かにそう……か？

「ってか美織よく知ってんね、俺がまだデビューしてないって。もう俺のことなんてあんまり興味ないのかと思ってたわ」

突っ込まれて、しまったと後悔する私。

ほとんど話さなくなった今、私が世良について詳しいのはまずい。

隠れて彼を追っているみたいじゃないか。

まあそうなんだけど。

「ク、クラスの子が世良のことよく話してるから、自然と耳に入ってくるんだよ」

「……あ、なんだそういうこと」

そう言った世良の顔が少し寂しそうに見えたのは、私の願望だろうな。

「それで今日はどうしたの？」

「え？　美織と遊ぼうと思ってさ」

当然のように世良は言う。

え、ちょっと待ってよ。

「だって活動休止して一番にやりたいと思ったのは、美織と遊びに行くことだったからさ～」

「なんで……？」

のほほんと、綺麗な顔で微笑まれる。

嬉しすぎて、呼吸が止まってしまうような感覚に陥った。

だけどそれと同時に、「なんで？」という疑問もやっぱり強くて。

「私たち、何年も一緒に遊んでなかったのに……？」

「それ気にするところ？　別にいいじゃん。昔みたいに遊んでよ。なんだかんだ美織と一緒に遊ぶのが一番楽しかったんだよ、俺」

きょとんとして、さも当然のように世良は言う。

もはやこれは、余命わずかな私が見ている、都合のいい夢なんじゃないかとすら思った。

私にとって幸せすぎることばかり、世良が言ってくるものだから。

だけどアッシュグレーに染まった世良の明るい髪や、上向きの長いまつ毛も、夢にしては妙にリアルだ。

信じられないことにどうやら現実らしい。

「……嘘だ。いつも世良、キラキラした歌い手の人たちと一緒にいるみたいじゃん」

世良が私なんかと遊ぶのが一番楽しいだなんて、ありえないでしょ。

だけど世良は唇を尖らせる。

「ああいう人たちといる時は一応猫被らなきゃなの！　だから美織と一緒にいる時みたいに気が抜けないんだよ。ねー、いいじゃん。俺が活動休止の間だけ、いろいろ付き合ってよ～」

懇願するような口ぶりだった。

天下の歌い手である世良が、私なんかに。

押し寄せる幸福感に頬が緩みそうになる。

だけどここでニヤニヤしたら気持ち悪いし、世良の申し出に飛びつくのも何か違う。

だって世良は、気の置けない幼馴染と昔のように過ごしたいと言っているから。

私のこじらせまくった片想いを表に出したら、きっと引かれてしまう。

「そ、そうなんだ。……私は別にいいけど」

「マジ!?　やったー！　じゃあ早速カラオケ行こ！　ほら、部屋から出て来いよ」

本当に嬉しそうな顔をしながら、世良は私を外に出るように促した。

まるで私を覆う堅い殻を世良に割られたような、そんな爽快感を覚える。

私は軽い足取りで玄関から外へ出た。

そりゃ、昔は仲が良かったとはいえなんで今さら……と不思議に思わなかったわけじゃないけど、嬉しさで全身を支配された私は深く考えられなかった。

自分の余命のことすら、心の片隅に追いやれるほどだった。

心と体を休ませたいと思った世良は、まず私のところに来てくれた。

私と遊ぶのが一番楽しいんだって、満面の笑みを浮かべて告げたのだ。

これ以上に幸福感を覚えることなど、きっと今の私にはない。

早速ふたりで一緒にカラオケに行った。

相変わらず世良の生歌は、聞くだけで心がぞわぞわするほど圧巻の上手さで、心地よかった。

アップされた動画なんかじゃ、世良の魅力の半分も伝わっていない。

自分が中途半端に知っている曲を歌うよりも、世良のその歌声を聞く方が断然楽しくて。

私は次あれ歌って、これ歌ってってって、ずっと世良にリクエストしていた。

「美織、俺に歌わせてばっかじゃん。歌わないの？」

六曲続けて歌わせたら、さすがに世良が苦笑を浮かべた。

「だって、世良の歌聞く方が楽しいんだもん。ってか、昔だってそうだったでしょ？」

仲が良かった頃だって、カラオケでは世良に歌わせてばっかりだった。

「あ、そういえばそうだったか。美織がめっちゃ褒めるから、俺も調子に乗って歌っちゃうんだよなー」

「だって世良の歌唱力がすごいのは本当だし。褒めたりないくらいだよ」

カラオケの狭い個室は、あの頃と同じ光景で、同じ空気で満たされていて。

この中では教室内のランクも関係ないからか、やけに素直に言葉が出てきた。

「あはは、ありがと美織。ってか、そうやって美織が俺の歌を好きっていつも言ってくれていたから、俺は歌い手になろうって思ったんだよね。今の俺があるのは、美織のおかげですわ」

私に視線を重ねる世良は、真剣な顔をしていたように見えた。

「え……。そうだったの？」

確かに世良の歌を初めて聞いた時から、歌手になればいいよって本人に強く言っていたけれど。

まさかそれが「美織のおかげ」って言われてしまうほど、世良の心に響いていたなんて。

私なんかが世良に大きな影響を与えていたかもしれないことが信じられなくて、呆(ほう)けた顔をしてしまった。

世良はそんな私をじっと見つめていたけれど、次の曲が始まってモニタの方を向いた。そこでやっと私は我に返る。

流れ始めた曲は、去年流行ったラブソングだった。運命の人との恋を繊細な詞とメロディでつづったバラードだ。

元々わりと好きな曲だったけれど、世良の柔らかで優しい声で歌われると、ますますいい曲に感じられた。

だけど、この曲のような幸せな恋はきっと私には訪れないのだろうとふと思うと、誰かに掴まれたかのように心臓がキュッと痛んだ。

幸せなラブソングは、余命三か月弱の私にはあまりにも惨い。

「あ、そういえば美織。ピアノ習ってたじゃん。今も続けてるの？」

もちろんそんな私の胸のうちなんて知る由もない世良は、歌い終わると軽い口調で尋ねてきた。

ミュージックビデオの中の女優がピアノを弾いていたから、思い出したのかもしれない。

「あー……。もうとっくにやめたよ」

ピアノをやめたのは、世良と距離を置いた直後だから中学一年生の頃だ。

幼稚園の時になんとなく始めたピアノだったけれど、中学に入る頃にはもはや惰性で続けていた。

でも、私が作った曲を世良が歌うという約束をかわした後は熱が入った。ピアノが上手くなればいい曲ができるんじゃないかって思えたから。

だから、あの約束が無意味なものだと気づいた瞬間、ピアノへの情熱はゼロになり、やめてしまったんだ。

「えー。マジかー……」

残念そうに世良が言う。

ひょっとして、私が作った曲を世良が歌うっていう約束を覚えている……？

いやいや、あんな昔の口約束覚えているはずない。

作曲したメロディだって、一度しか聞かせてないんだし。

そんなの覚えていなくていい。密かに私が世良を応援し続けていることだって、知らなくっていいし、知らないままでいいんだ。

次の日、起床してまず世良のＳＮＳアカウントをチェックすると、活動休止が発表されていた。

復帰の時期は未定だという。

本当に休止したんだと、昨日の世良とのやり取りが脳内に蘇る。

私のタイムラインは世良のファンばかりだったから、阿鼻叫喚だ。

「世良くんの動画がしばらく見られないなんて……何を楽しみに生きていけばいいの？」とか「いつ帰ってくるんだろ……。世良くんこのままいなくなったりしないよね？」とか、「世良くんロスやばい……。学校休む」とかみんな呟いていて、誰もが活動休止を悲しんでいた。

やっぱり世良の影響力は半端ない。

私も自分のアカウントで何か呟こうと思ったが、言葉が見つからない。

恐らく、私は世界で唯一世良の活動休止を喜んでいる人間なのだ。

純粋に悲しんでいるファンたちの中で、そんな私が何かを言うのは微妙な気がした。

だからとりあえず、活動休止発表のポストに♡だけ送っておいた。

登校して教室に入ると、世良の活動休止について麗華ちゃんが友人と話していた。

私はそんな彼女たちを尻目に席に着く。

そして一時間目の授業の準備をしていると。

「美織、おはよ」

「え……!?」

世良がいきなり眼前に現れたので、私は目が点になってしまう。

高校に入ってから、世良が私の元にわざわざやってくるなんてことは一度もなかった。

世良は世良で忙しそうだったのと、私が距離を置いたのを世良の方も感じ取って近づいて来ないのだって思っていた。

それなのに、仲良しだった小学生の頃のようなテンションで普通に世良はやってきた。

ってか、そもそも世良は隣のクラスのはずだけど？

「せ、世良。どうしたの？」

「あ、今日さー、学校一緒に行こうと思ってたのに美織んち行ったらもう家出てたみたいで誰もいなくってさ。なー、明日から一緒に行こうよ。んで、帰りも一緒に帰らない？」

「あ、えっと……。なんで？」

教室内で影が薄い私に、この学校でもっとも輝いている世良が親しげに話しかけている。

この状況に、私はひどく混乱していた。

だけど世良は目を瞬かせて、不思議そうな顔をした。

まるでうろたえている私の方が変だって、言わんばかりに。

「え？　昨日言ったじゃん。活動休止の間は美織とたくさん一緒にいたいって。……あ、もしかして嫌？」

「い、嫌じゃないけどっ」

嫌だなんてとんでもない。

でも、今の私にとっては夢みたいなことばかり起きるから、理解が追いつかないんだよ。

確かに活動休止の間は私と過ごしたいって世良は言ってきた。

だけどまさか、学校でも接してくるとは想像してなかったんだ。

「よかったー。じゃあ明日から登下校一緒な。なんか懐かしいよなー、小学生の時みたいで」

「う、うん……」

切れ長の瞳を細めて、気まぐれな猫のように微笑む世良に見惚れつつ、頷く私だったけれど。

ちくりと、鋭い視線を視界の隅に感じてハッとする。

視線の主は麗華ちゃんだった。

さも不満そうに私を見つめている。

――あんたもう世良くんとは仲良くないんじゃなかった？　そもそも身の程知らず

じゃない？

　そんな麗華ちゃんの心の声が聞こえてくる。

　浮かれていた私の心は、一気に地の底まで突き落とされる。

「……世良」

　私は世良にしか聞こえないような、ごく小さな声で呟いた。

「え、何？」

「……あ、あのね。あまり学校では私に話しかけない方が。ほら、いろいろあるじゃない？」

　皆まで言わず、仄めかす私。

　この言葉だけで、世良が面倒な教室の掟について察してくれればいいのだけれど。

「え、なんでだよ？」

　世良は眉をひそめて訝しげな顔をする。

　やっぱり伝わらなかったか……。

　世良はスクールカーストなんてどうでもいい世界で生きているのだから、無理もないけれど。

　だけど私は掟に従わないと死活問題に発展するから、困るんだよ。

「だって私はほら……。世良と違って地味だし、その……普通、だし」

「何それ、意味分かんない」

本当に分かっていないようだった。ある意味羨ましい。

私もこんな面倒な暗黙の了解なんて、知らないままでいたかったよ。

でも私は、無知でいられるほど強くなかったんだよ。

「……私が世良の価値を下げるような気がして」

それと、私が麗華ちゃんのような人たちからやっかまれる気がして。

さすがにそれは言えないので、飲み込む。

すると世良は、一瞬でとても不機嫌そうな面持ちになった。

世良を怒らせてしまったのかと、私は発言をひどく後悔する。

「……ねえ。もしかして中学の途中から、美織が妙にそっけなくなったのってそんな風に考えていたせい？」

「あ、えっと……」

「なあ。誰かになんか言われたの？」

どこか切なそうに私を見つめて世良は尋ねてきた。

世良の怒りの矛先は、私に向いてはいないようだった。

私に卑屈な考えを抱かせるようになった、何かに向けられていた。

「……うん。世良と私は釣り合わないとか、いろいろ……」

消え入りそうな声で、今まで誰にも打ち明けていなかったことを告げる。

世良は「は？」と低い声で言ったあと、こう続けた。

「何それ、うっざ。俺と美織が釣り合ってないとかありえねーから。それに釣り合うかどうかなんて、俺たちが決めることじゃん」

怒気（どき）をはらんだ声だった。

世良が本気で怒りを覚えているのが見て取れる。

確かにその通りだって私も思う。

だけどね、世良。

言葉は何を言うかじゃないんだ。誰が言うかで価値は決まるんだよ。

私が世良と同じ主張しても、「調子に乗るなよ」って嘲笑（ちょうしょう）されるだけなんだ。

世良の発言と私の発言は、まったく重みが違うんだよ。

そう思った私だったけれど。

「……まあでも。美織は俺と違って優しいし、人に合わせちゃうタイプだからなあ。気の強い奴にそんなこと言われたら、何も言えなくなっちゃうよな」

そう言った世良は、目を細めてとても優しい面持ちになっていた。

私は驚きのあまり、目を見開いてしまう。

歌にしか興味がなさそうな世良が、私の性格を深く理解し、微妙な立場や状況まで理解できているとは、俄かには信じられなかったんだ。

世良は思ったより周りが見えていた。

――そして私のことを分かっている……みたい。

さっき、世良は何も分かっていないって思ってしまったけれど、どうやらそうじゃない。

世良はすべてを分かった上で、「そんなの違う」と心から思っているんだ。

「あ……うん。人の顔色ばっかり見ちゃう私もたいがいなんだけど……」

「昔から美織は人に気を遣ってばっかだったもんなあ。……ってかごめん、美織がそういうこと誰かに言われて気にしてたって、ずっと俺気づけなくって」

大層申し訳なさそうに言われて、私は勢いよく首を横に振る。

「ううん！　世良が謝ることじゃないから……！」

悪いのは、教室の空気になることしかできなかった私だ。

「そう？　でもよかったー。中学の時に急に美織が塩対応になったから、俺嫌われたのかなって、心配だったんだよ」

「え、そうなの？」

私のことなんて気にしていないんだって思ってたよ。

「そうだよ！　だってそれまで一番仲良かったのに、急に離れていくんだもん、美織」

「あ……ご、ごめんね。嫌いとか、そんなんじゃないから。私も世良と一緒に遊ぶの楽しいよ」

一番仲良かったのに、という言葉に性懲(しょうこ)りもなく嬉しくなりつつも、そんな心配をさせてしまっていたことを本当に申し訳なく思った。

「よかった！　これからは誰かが何か言ってきても気にしなくていいよ。そんな奴が言うことより、俺たちの気持ちが一番大事じゃん」

「……うん」

世良の言葉が、今度はわりと素直に受け入れられた。

たぶん、私が周囲の目を無視して自分の思うままにしたら、きっと嫌なことが起こるのだろうけど。

空気を読んでいい顔をしているのだって、つまらなくて窮屈(きゅうくつ)だし、結局暗い気持ちになるのだ。

どちらにしろ嫌な思いをするのなら、自分の思いのままに振る舞った方がいいのかもしれない。

……実行するのは難しいかもしれないけれど。

もう私の人生は残り僅(わず)かなのだから。

そう考えると、なおさらそう思えたんだ。

放課後、席で帰り支度をしていたら、麗華ちゃんが現れた。

「美織ちゃんさあ。この前、世良くんとはもう全然話さなくなったって言ってたのに。今日随分仲良さそうだったじゃない？」

嫌な予感はしていたけれど、その予感通りのことを言われる。とても厭味ったらしい口調で。

「あ……。なんか、活動休止をして今は時間があるからって……。暇そうな私に声をかけてきただけだよ」

気後れしながらも、言葉を選んで私は答える。

「ふうん。じゃあ私もそれに混ぜてくれない？」

そうすれば特別に許してあげる。

そんな続きの言葉を、麗華ちゃんの尊大な態度から勝手に想像してしまう私。

たぶん、素直に彼女の言いなりになった方が、平穏な日々を送れるのはまず間違いなかった。

——分かった、いいよ。

前髪を触りながら、そう答えそうになるも。

『そんな奴が言うことより、俺たちの気持ちが一番大事じゃん』

っていう今朝の世良の言葉が蘇って、私は思いとどまった。

そうだ、さっき思ったばっかりじゃない。

どちらにしろ嫌な思いをするのなら、自分の思いのままに振る舞った方がいいのかもしれないって。

私はどうしたい？

この子を世良に紹介したい？

ううん、したくない。

私は大好きでたまらない世良と、なるべくふたりきりで過ごしたい。

もう私に残された時間は、三か月も無いんだよ。

時間は無駄にできないよ。

「ご、ごめん……。ちょっと難しいっていうか……む、無理」

意を決して言うも、言葉が震えた。

慣れないことをしたせいかな。

すると、それまで私を見下すように見ていた麗華ちゃんが、顔を引きつらせた。

十中八九、私が自分の言いなりになると思っていたのだろう。

そりゃそうだよね。昨日までの私なら絶対にそうしてるし。

「……は？　なんで」

怒気をはらんだ低い声に、私は身をすくませた。

いつもきゃぴきゃぴと甲高い声を教室に響き渡らせている麗華ちゃんの声とは、思えないくらいの低音だ。

だけどここで折れちゃダメだ。

……いいじゃん、どうせもう怒らせてるんだから。

「……っていうかさ、私が決めることじゃないよね……？　世良に直接お願いしてくれる？」

咄嗟だったけれど、我ながらもっともな断り文句が出てきた。

それで世良が麗華ちゃんを誘ってもいいよと言うなら仕方ない。

すると麗華ちゃんは小さく舌打ちをして、憎々しげにこう言い放った。

「前に本人に断られたから、あんたに頼んでんじゃん！」

「え……。じゃあ余計無理だよ」

麗華ちゃんの語気の強さにはちょっとびっくりしたけれど、いったん決意を固めたからか、あまり怖さは感じなかった。

私は麗華ちゃんから目を逸らし、帰り支度の続きをする。

するといつの間にか麗華ちゃんはいなくなっていた。

――なんだ、意外に簡単なんだ。

もっと嫌な目に遭わされるかと思っていたから、拍子抜けだった。

だけど、支度が終わって教室から出ようとすると。

「マジ無いわー。ダサい奴は世良くんに近寄らないでほしいんですけど」

「分かるー。麗華の方が断然かわいいのにさー。幼馴染ってだけで調子乗りすぎじゃね？」

麗華ちゃんとその友達の間延びした声での陰口が聞こえてきた。

いや、もはや陰口じゃない。

だって私の耳に入るように、よく響く声で言っていたから。

ふたりは薄ら笑いを浮かべて私を見ている。

他のクラスメイトたちは私が標的にされていることを察したようで、麗華ちゃんたちみたいにニヤニヤしているか、気の毒そうに私をチラ見していた。

あー、やっぱりこうなるよね。

想像はついていたから、大ダメージってわけじゃないけど。

公衆の面前で「美織は馬鹿にしても問題ない奴」っていう扱いを受けるのは、やっぱり傷つく。

このことがきっかけで、今後は他のクラスメイトたちも私をぞんざいに扱うようになる。

美織だからいいかって。

残り少ない人生だから、自分の思うがままにしようって考えたけれど。

私みたいな奴がやっぱりそんなのを望むべきじゃなかったのかなあ。

でも、自分に正直にならない方がきっと死ぬ間際に後悔する。……だからこれでよかったんだよ。

そう自分に言い聞かせながらも、「マジうざい。明日からハブだからね」「おっけー。まあ別にもともと友達ってわけじゃないけどね」と、そんな風に嘲笑する麗華ちゃんたちの声を聞くと、やっぱり落ち込んだ。

今後の教室での自分の立場を悲観し、暗い気持ちになってしまう。

――すると。

「美織～。遅くなってごめん！」

世良の透き通った声が響き渡った。

麗華ちゃんたちが私の悪口をぴたりと止める。

視界の隅で、彼女たちが世良に見惚れているのが見えた。

「……せ、世良」

「え、美織どうしたん？　ぼんやりして。朝、これからは一緒に登下校するって言ったじゃん」

そういえばそうだった。

麗華ちゃんに話しかけられる直前までは覚えていたけれど、その後のっぴきならない状況に陥ったためか、うっかりしていた。

そして私の心を覆っていた暗い雲は、世良の登場によって一気に吹き飛ばされた。

まるで私を助けに来てくれたようなタイミングだった。

……偶然だよね？

「……あ、うん。そうだったね」

「なー今日どこ行く？　やっぱカラオケかな？」

「昨日もカラオケだったのに？　まあ、別に私はいいけど……」

「じゃあゲーセン行ってからのカラオケにしよ！」

明るく元気に言う世良だったが、ふと麗華ちゃんの方を一瞥した。

その目にとても鋭い光が宿っていたので、私はぎょっとする。

「……俺さー。群れて人の悪口言う奴も、俺が歌い手だからって近づいてくる奴も嫌いなんだよね」

「せ、世良？」

「まあ中でもこの世で一番嫌いなのはさ。俺の大事な美織を傷つける奴だけど」

これまで以上によく通る声で世良が言った。

教室中に世良のその声は聞こえていたと思う。

驚いた私が見渡すと、皆も目をぱちくりさせて世良を見ていたし。

麗華ちゃんとその友達は、呆然として立ち尽くしていた。

私を利用してでも近づきたかった世良に「この世で一番嫌い」と言われ、とてつもないショックを受けているようだった。

「きゅ、急にどうしたの世良」

静まり返る教室の空気に私は焦り、何か言わなきゃと思ったらそんな言葉が出てきた。

「別に、ひとりごと」

世良は素知らぬ顔で、ただそう答えた。

世良は麗華ちゃんたちが私を貶めていたのを聞いていたんだ。

その上で、皆に聞こえるようにあんな発言をした。

世良は単純そうに見えてそうじゃないって、今朝の出来事でもう分かっている。

きっと自分の立場も、周りが自分をどう思っているのかも、そして私のような種類の人間がどういう風に生きているのかも、知っている。

そして今後私が教室でどんな扱いを受けるかも察し、そのすべてをぶち壊してくれたんだ。

自分自身が皆に一目置かれており、発言力があることを十二分に利用して、幼馴染の私を守るために。

……世良。どうしてそんなに私に優しいの？

こんなの、ますます好きになっちゃうよ。

好きになっても、その想いももうすぐ消えてしまうというのに。

そう思うと辛かったけれど、世良の思いやりはやっぱり嬉しくもあった。

特に「まあ中でもこの世で一番嫌いなのはさ。俺の大事な美織を傷つける奴だけど」という言葉は。

活動休止をした世良は、本当に私を心の拠り所にしてくれているんだ。

世良に自分が必要とされていると考えるだけで、天にも昇る気持ちだった。

「あ……世良、もう行こうか」

「そだね」

私たちはふたり揃って教室を出て、どこのゲーセン行くとか、やっぱりカフェに行きたいとか、平和な話を始めた。

さっきの殺伐とした出来事なんて、なかったかのように。

私が世良に麗華ちゃんについての愚痴を吐くのは、なんだか卑怯な気がしたから、しない。

——麗華ちゃんみたいなクラスの権力者の顔色を窺っていた方が、波風が立たなくて楽なのは間違いない。

でもそんなのやっぱりむなしいし、楽しくはないだろう。

世良が私の味方でいてくれて、私だけじゃどうにもならないことをぶち壊してくれた。ひとりじゃないよ、ひとりにしないよって言ってくれているみたいだった。

残り少ない私の時間、嫌なこともあるだろうけれど、世良が全部帳消しにしてくれるんじゃないかとすら思えた。

だって、さっきの世良の行動は、あまりにも私の心に寄り添うものだったから。

それから、私と世良は毎日のように一緒に遊んだ。

八割くらいカラオケで、あとはゲームセンターに行ったり、ボーリングに行ったり、お菓子を持って公園を散歩したりと、高校生らしい遊びをした。

病気のせいで具合が悪くなる時もあったけれど、少し休めば治るのでほとんど問題なかった。

余命一か月前までは日常生活は問題なく送れると言われた通りだ。

私のそんな事情など知らない世良は、常に明るくて、昔仲が良かった時のように気さくに接してくれた。

だから世良といる時だけは、私も残りの寿命のことを意識の外に追いやれたんだ。

……もちろん、世良と別れた後は、過ごした時間が楽しかった分余計辛くなってしまうのだけれど。

世良と歩いていると、時々ファンらしき女の子たちがひそひそとこちらを見て話している場面に出くわす時があった。

「……世良くんだ。やっぱりこの辺に住んでる噂って本当なんだね。かっこいいな～」

「ってか隣にいるの彼女？」

こんな風に少し離れた場所から声が聞こえてくると、私はどうしたらいいか分からなくなるんだけど。

「彼女でーす」

世良はその子たちの方を向くなり、あっけらかんと言うと場を颯爽と立ち去るのだった。

「え、ちょ、ちょっと世良。か、彼女なんて……」

焦った私は、どぎまぎしながら尋ねるも。

「あ、ダメだった？」

なんて、まっすぐに見つめて悪戯っぽく世良が言ってくるから、私の心臓はますます鼓動が速まってしまう。

「え……ダメじゃ……ない、です……」

慌てた私が消え入りそうな声で敬語で答えると、世良は短くそれだけ言って平然としていた。

「そっか」

なんで私を彼女なんて言うんだろうとか、それどういう意味なのとか、期待していいのかなとか、いろいろ考えてしまうけれど。

世良が考え無しに、その場のノリで私を「彼女」だって言った可能性が高い気がして、それ以上は追及できなかった。

そんな世良と過ごす毎日の中で、昔通っていたピアノ教室の前を通ると、必ず思うことがあった。

私が作詞作曲し、その曲を世良が歌うという約束を、彼は覚えているのかなって。

だけどそう考える度に、あんな昔の話覚えているわけ無いよねって私は思い直すのだった。

世良の方から、一度もそんな話は出てこないし。

死ぬ前にあの約束を果たしたいなあって考える瞬間もあったけど、世良が忘れているのならこだわっても意味がない。

ちなみにSNSでは、世良のファンが毎日のように活動休止を嘆いていた。

私は一度だけ、自分のアカウントで活動休止についてこう言及した。

『世良くん、長い間走り続けていたから休みたくなったんだね。私はずっと待ってます』

早く復帰してほしいだとか、いつ復帰するんだとか、そんな呟きばっかり目にするから、どうしても世良のペースを大事にしたいという気持ちを発信したくなったんだ。

もうすぐ死ぬ私は、ずっとなんて待てないけれど。

すると世良本人からその呟きに♡がもらえて、私はひとり顔を綻ばせた。

そんな毎日を送るようになって、二か月弱が経った。

……私の体が思うように動かなくなる時期が迫っていた。

それまではできるだけ世良と一緒にいたかったから、毎日遅くまで帰宅しなかった。

お姉ちゃんは私に何も言ってこない。

きっと、私の好きなようにさせたいんだろう。

余命が発覚した時に、『仕事なんてやめて美織と一緒にいる！』と泣き叫ぶお姉ちゃんに、私が『いつも通り過ごしたいから、そういうのやめて』と告げたのが効いているんだと思う。

だってお姉ちゃんは、奨学金を借りて大学で必死に勉強して、夢だった雑誌編集部で働いている。

そんなお姉ちゃんのキャリアを、あとたった三か月しかない私の命なんかで傷つけたくなかった。

だけど余命が残り一か月と少しとなったある日のこと。

学校から帰宅したら、たまたま仕事が早く終わったのか、お姉ちゃんが家にいた。

最低限の会話だけして、世良に会うために家を出ようとした私だったけれど。

「……最近毎日遅いじゃない。たまには早く帰ってきてほしいんだけど」

暗い声でお姉ちゃんが言う。

私がもうじき倒れることとか、あと一か月くらいで死ぬことに対する悲しみが、その口調には含まれていた。

お姉ちゃんが私を案ずる様子を見る度に、私まで暗い気持ちになってしまう。抗(あらが)えない死を突きつけられている気がして。

……だから余計、何も知らない世良といる時間が心地よかった。

「友達とたくさん遊んでるんだ。……だってもうすぐ遊べなくなっちゃうでしょ」

「そう……そうだよね。でも、私と過ごす時間はくれないの？　私はもっと美織と過ごしたいよ」

涙ぐむお姉ちゃんを見て、胸が張り裂けそうになる。

私だっていつも優しいお姉ちゃんのことは好きだよ。

――でもね。

私知ってるんだよ。お姉ちゃんが、結婚まで考えていた恋人から私を理由に振られたこと。

恋人のご両親に、「妹さんの進学費用を彼女が用意するって？　これからも何かある度に妹を気にかけるのか？　そんな複雑な家庭の子との結婚はダメだ」って反対されたこと。

それまで、彼氏ののろけ話をたくさん私にしていたのに、ある日突然しなくなってさ。

気になって、お姉ちゃんのスマホを見たら、彼氏とそんなやり取りをしていたよね。

私がお姉ちゃんの幸せを壊したんだって、悲しくなったよ。

私はお姉ちゃんにとって重荷でしかないんだって。

あと少しでお姉ちゃんは私から解放される。

それが、この病気になって唯一よかったって思えたことなんだよ。

お姉ちゃんは私と違ってお母さんに似て美人だから、私がいなければすぐにいい人が見つかるはず。

だからあまり、お姉ちゃんと一緒にいたくないんだよ。

私の死をできるだけお姉ちゃんに引きずらせたくなくて。

だからあまり、私に構わないでほしいんだよ。

「……今は友達といたいから」

お姉ちゃんの方を見ずにそう言うと、私はそのまま玄関に行って靴を履く。

お姉ちゃんは私に言葉を返すことも、追いかけることもしない。

私はそのまま家を出た。


待ち合わせ場所へ向かうと、世良はすでにいた。

私は「遅くなってごめん」と口を開こうとしたけれど、その前に不審げに眉をひそめた世良にこう言われた。

「美織、めっちゃ表情暗いんだけど。なんかあった?」

お姉ちゃんとのやり取りでくすぶっていた心が、自然と表に出ていたらしかった。

私は慌てて作り笑いを浮かべる。

「え? 何もないよ」

「嘘つけ〜。美織、嘘つく時前髪触る癖、昔から変わってないよな」

「え……」

しかめ面の世良に指摘され、私はハッとする。

知らないうちに私の片手は前髪を触っていた。

確かに私には、何かと取り繕う時になんだか手元が落ち着かなくて、前髪をいじる癖があった。

まさか世良に見破られていたなんて。

癖なんて、その人の内面やら行動やらを熟知していないと、把握できないはず。

世良は私の想像以上に、私を知っているようだった。

「ねえ、何があったか正直に話してよ」

透き通るような綺麗な瞳で、まっすぐに世良は私を見つめる。

私は観念した。私の嘘を一発で見抜く世良には、どんなごまかしも通用しないだろう。

それに、そこまで私を理解してくれる世良の前でこれ以上隠し事はしたくない。

ただでさえ、余命という生きる上でもっとも重大なことについて、私は彼に打ち明けていないのだから。

「あー。ちょっとお姉ちゃんとさ――」

私は世良にお姉ちゃんとのいざこざについて正直に話した。

もちろん余命については伏せなければならなかったので、「大学に行ったら家を出るから、今のうちからお姉ちゃんの重荷にならないようにしたい。だからあまり関わりたくない」という具合で、改変を加えたけれど。

話し終えると、世良は顔を引きつらせた。

まずい内容だったらしいと、私は後悔する。

「え〜、何それ……。美紀ちゃんが美織を思う気持ちはガン無視でいいわけ？」

世良はうちのお姉ちゃんとも顔見知りで、幼い頃はよく遊んでもらっていたので「美紀ちゃん」と呼んでいるのだった。

「そ、そういうつもりじゃ……。だって私のせいで、お姉ちゃんは結婚できなかったんだよ」

さっきも説明した内容をもう一度強調する私。

世良に非難されている気がしたから、自分の正当性を主張したつもりだった。

「そうかなあ。たぶん美紀ちゃんは、美織のことを悪く言う家族がいる男なんて、こっちから願い下げだって思ったんじゃない？　だって美紀ちゃんってそういう人じゃん」

確かに、私が見てしまったお姉ちゃんのスマホには、元カレの家族が私の存在について難色を示していたメッセージはあったけれど、どちらから別れ話をしたかは分からなかった。

でも、だけど。

「……仮にそうだとしてもさ。やっぱり私のせいじゃん。私がいなければ、そんな問題起きてないじゃん。だからお姉ちゃんはきっとどこかでは残念に思ってるよ」

私がお姉ちゃんの恋の障害になった事実は変わらない。

「そうだね、そうかもしれない。……でも実際は分からないよ。美紀ちゃんは『振ってやってせいせいした！　悔いはない！』って思ってるかもしれないよ。結局ここで美織と俺が話したって、美紀ちゃんの気持ちなんて分からない。実際に美紀ちゃんに聞いてみないと。じゃないと、ずっとお互いの気持ちを知らないままだよ」

世良の強いけれど優しさを感じさせるその口調は、私の頑な心を溶かすように深く響いてきた。

――『ずっとお互いの気持ちを知らないままだよ』か。

私が死ねばお姉ちゃんはしばらくの間落ち込むだろう。

だからできるだけ今は深く関わらない方が、お姉ちゃんは早く立ち直れるんじゃないかって考えた。

でも、もしお姉ちゃんが私を思う気持ちが、私の想像よりずっと深かったとしたら？

お姉ちゃんはこれから一生、死の直前の私と向き合えなかったことを後悔するんだろうか？

逆に長い間引きずっちゃうんだろうか？

……そんなのダメだ。私は死んでからも、お姉ちゃんの重荷になってしまう。

「……ごめん世良。今日は帰るよ。お姉ちゃんとちゃんと話してくるね」

世良はホッとしたように、小さく笑う。

「うん。……もしへこむようなことあったら、すぐ連絡してよ」

お姉ちゃんと本音で話すことを決意したものの、気後れする感情はもちろんあったから、世良のその言葉は私に深い安心感をくれた。

どうして世良は、いつも私が欲しがっている言葉をくれるのだろう。

「分かった。ありがとう、世良」

それから私は急いで家に戻った。

お姉ちゃんはダイニングテーブルにかけ、頬杖をついて下を向いていた。

そんなお姉ちゃんの顔にはくっきりとクマが刻まれていて、肌も荒れていた。

ロングヘアの毛先もパサパサしているように見えた。

私が病気になる前は、いつも念入りに手入れをして、肌も髪も美しくしていたのに。

私はどうして、こんなお姉ちゃんの状態に今まで気がつかなかったのだろう。

……見ようとしていなかったからか。

「あのね、お姉ちゃん。……その、ごめんね。私——」

私はお姉ちゃんに対して秘めていた思いのすべてを吐露(とろ)した。

私のせいで結婚がダメになって、常に申し訳ない気持ちでいっぱいだったこと。

だから私なんていない方が、お姉ちゃんは幸せになれるって考えていたこと。

お姉ちゃんに私の死をなるべく引きずらせたくなくて、距離を置いていたこと。

全部全部、打ち明けた。

お姉ちゃんは私が話し始めた時から涙ぐんでいたけれど、途中で涙を流し始め、話し終える頃にはティッシュとハンカチで涙と鼻水を拭うくらいになっていた。

「もう……！　馬鹿だねっ美織はっ。そんなことを考えるなんて！　私に美織より大切な存在なんていないのにっ」

「お姉ちゃん……」

「でも、美織にそう思わせちゃったのは私のせいだね……。まさか美織が、元カレの親が言っていたことを知ってるなんて、思わなかったから」

「それは……。ごめん、私が気になってお姉ちゃんのスマホを勝手に見ちゃって」

どんな理由であろうと、人のプライバシーを覗き込むことはよくなかった。

私は素直に謝罪する。

「ううん……。美織だって、私がそれまで仲良かった彼氏と急に別れたら心配するもんね。やっぱり私がちゃんと話すべきだった。……あのね、元カレのことは私から振ってやったの。あいつの両親が美織のことをなんやかんや言ってきた時に、あいつ

『俺も両親と同じように思う』って言ってきたからさ。私の家族をないがしろにしようとする奴なんて、こっちからお断りだよ」

あまりにも世良の言葉通りのことをお姉ちゃんが言うので、私は驚いてしまった。

そして、さらに。

「だから美織のせいじゃないよ。……ってかね、元カレと私は根本的に価値観が違っていたの。だから美織のことがなかったとしても、私たちの関係はいつか壊れていた。私は美織がそれを前もって私に教えてくれたんだって思ってるよ。だから私は美織に感謝してるんだよ」

それを聞いて、今度は私の目から大粒の涙がこぼれた。

ああ、想像以上だったよ、世良。

お姉ちゃんは私が思っているよりもずっと、私を大切に思ってくれていた。

まさか彼氏と別れた件で、私に感謝なんて言葉が出てくるなんて予想していなかった。

腹を割って話さなければ、私は一生……もうあと一か月しか生きられないけど、分からないまま死んでいた。

お姉ちゃんの気持ちが分かったのは世良のおかげだ。

ありがとう、世良。

「ごめ……ん。ごめんなさい……お姉、ちゃん。私、私……お姉ちゃんの気持ちを知ろうとしないで……！」

手で拭っても拭っても涙が溢れてくるから、言葉も途切れ途切れになってしまった。

すでにある程度涙が止まっているお姉ちゃんは、切なそうな瞳で私を見つめながら、優しく微笑む。

「……私の気持ちなんてどうでもいいよ。今は美織の心より大事なことなんてない。だから美織が、私と今一緒にいたくないんだったら仕方ないって思ってた。……でもそうじゃないんだね？」

「そんなわけないっ。私だって、お姉ちゃんと一緒にいたい……！」

「よかった……。じゃあ私にも美織と過ごす時間をくれる？」

「うんっ……！　私、これからはお姉ちゃんと一緒にいる時間を大切にしたい……！」

もう、私の余命はあと一か月ちょっと。

いつ倒れてもおかしくない状態だ。

次に起き上がれないくらいの体調不良になったら入院することになっている。

……そしてそのまま。

私が自由に動ける時間は、あとほんの僅かだ。

その貴重な時間のすべてを、お姉ちゃんと世良で半分ずつ埋めてしまおう。

私がそう心に誓っていると。

「……でもよかった。ここに来て、美織と分かり合うことができて」

「うん……」

「美織が素直になってくれたのは、世良のおかげ？」

お姉ちゃんの口から世良の名前が出てきて、私は虚を衝かれる。

「え？　なんで世良が出てくるの？」

「あ……！」

お姉ちゃんは「しまった」という面持ちになった。

なんだか嫌な予感がした。

私が知らない方がいい事情が隠されていると察してしまった。

しかしもうなかったことにはできない。

私はどういうことなのか、お姉ちゃんを追及した。

お姉ちゃんは言いづらそうに、私に打ち明けた。

世良が活動休止を発表する前日――つまり、私の部屋に久しぶりに世良がやって来た日のこと。

たまたま道端で世良と鉢合わせたお姉ちゃんは、彼に私の病気と余命について話したのだという。

てっきり、世良はもう私の病気について知っているのだとお姉ちゃんは思っていたそうだ。

お姉ちゃんの中では、世良と私は今も仲がいい幼馴染だという認識だったから。

世良はやっぱり驚愕（きょうがく）していたけれど、冷静にお姉ちゃんの話を聞いてくれたから、つい詳しく話してしまった。

まだ余命は残っているというのに、すでに生気の抜けた顔で淡々と毎日を過ごす私を心配するお姉ちゃんの気持ちについても。

『美織、もうすべてを諦めているみたいで……。仕方のないことかもしれないけれど。だから世良、美織に楽しい時間をあげてくれないかな』

お姉ちゃんが世良にそう言うと、世良は『うん、分かった。でも俺が美織の寿命について知っちゃったことは内緒ね』と了承してくれたのだという。

そしてそのまま、私の家の方に向かったらしかった。

――なんだ、そういうこと。

最近ではほとんど交流がなかった世良が、なんでいきなり私の元に現れたのかはちょっと不思議に思っていた。

でも、今までずっと突っ走っていたから休みたくなり、昔仲が良かった私と遊びたくなったって話を鵜呑（うの）みにしていた。

たまたまそれが、私の余命と重なっただけだって。

世良が私を心の拠り所にしてくれていたんだって、私は素直に喜んだ。

だけど本当は違った。

私の余命について偶然知った世良が、私に同情をしただけ。

世良は私を必要となんてしていなかった。

――そうだよね。当たり前じゃん。世良は私なんかと違って、広い世界で生きているんだから。

世良への想いは所詮私の一方通行だったんだと思い知らされて、私はショックだった。

だけど私のために活動休止までしてくれた世良が、優しいことには変わりはない。

もちろん、最期に私に楽しい思いをさせてあげたいって考えてくれた、お姉ちゃんだって。

だからもちろん、ふたりには感謝の気持ちがある。

だけどその優しさが、余計私を惨めにさせた。

ここ最近の世良の言動は、すべて作り物だったのかもしれないって。

「美織……？」

呆然として何も言葉を発さない私の顔を、心配そうにお姉ちゃんが覗き込む。

お姉ちゃんは私が世良に抱いている面倒な恋心なんて知らない。

だから私の今の複雑な気持ちなんて、想像できないだろう。

辛くて心が痛む。

するとその痛みは、徐々に増してきた。

次第にこれは精神的な痛さだけじゃなくて、私の内臓も感じているらしいと察した。

でも、気づいた時にはもう立っていられなくなって、私はその場で胸を押さえながら膝（ひざ）をつく。

「美織……？　美織っ！」

お姉ちゃんが私を呼ぶ声が徐々に遠くなる。

そのうちに、私の意識は暗転した。


それから、私の意識はずっと朦朧（もうろう）としていた。

まどろみの中、時々見える白い天井や白い壁は私の部屋のものとは異なっていた。

どうやら私は自宅で倒れてから、そのまま入院したらしい。

時々、お姉ちゃんが医者と話したり、私の手を握って何かを話しかけたりしているようだった。

また、世良も何度か私のところにやってきたような気がする。

でも、病気のせいで意識が覚束ない私には、それが夢なのか現実なのかよく分からなかった。

特に世良のことは、私が思い描いた都合のいい妄想なのかもしれないと思った。

私の意識は、そんな現実らしい病室での光景と、過去の出来事を描いた夢を行ったり来たりしていた。

夢は決まって、世良と仲が良かった頃の光景だった。

一緒にカラオケに行ったり、どちらかの部屋で音楽を聞いて感想を言い合ったり、他愛もない話をして微笑み合ったりといった、懐かしい思い出たち。

現在のような、面倒で卑屈な悩みなんて一切無かったあの頃はあまりに愛しかった。

ただ世良が大好きで、彼の夢を全力で応援して、いつか私が作詞作曲した歌を歌ってほしいと純粋に願っていた。

ずっとそんな自分でいたかったのに、どうして私はこんな風にこじらせてしまったのだろう。

夢は、私が作ったメロディを世良に教えている場面になった。

『え、なんかめっちゃいい感じじゃね!?』と世良は興奮した面持ちで褒めてくれる。

……ごめんね世良。でもその曲の詞は永遠に完成しないんだ。

世良に対する申し訳なさと深い後悔に私が襲われていたら、夢の中の世良はそのメロディを口ずさみだした。

……あれ。こんな場面は現実にはなかったはず。

あの時は、ただ私がメロディを口ずさんで、世良がそれを褒めてくれて終わった覚えがある。

まあ所詮夢だし、現実の出来事と多少違うこともあるか、などと思っていたら、そのメロディはどんどんはっきりと私の頭に流れてきた。

まさか現実……？

今私の耳元で、世良がこれを歌っている？

そう思いついた途端、霞（かすみ）がかっていた私の意識は鮮明になった。

重い瞼（まぶた）をゆっくりと開ける。

視界はしばらくの間ぼやけていたけれど、聴覚はもうはっきりしていた。

やっぱり世良がハミングしている。あのメロディを。私が世良のために作った、あの時の曲を。

私の瞳が視力のほとんどを取り戻すと、世良があのメロディを口ずさみながら、涙ぐんで私を見つめているのが見えた。

「美織……！」

私がはっきりと意識を取り戻したことを世良は喜んでくれたようで、涙声で名を呼ぶ。

「……その曲。どうして覚えているの……」

そんな世良に、私は掠れた声で尋ねる。

しばらくの間声帯を使っていなかったからか、上手く声が出せない。

私は何日眠っていたのかだとか、あとどれくらいで死ぬのかとか、お姉ちゃんはどこだとか、もっと聞くべきことはたくさんあった。

だけど世良があの曲を口ずさんでいたことが不思議で不思議で仕方が無くて。

私はこう続けた。

「だってそれ……たった一度だけしか、世良に聞かせていないのに。……それも大昔に……」

私が途切れ途切れに言葉を紡ぐと。

世良は潤んだ瞳で、満面の笑みを浮かべた。

「……忘れるわけないじゃん。だって美織が俺のために作った曲なんだよ。美織が……俺の好きな人が」

世良は私に視線を合わせて、はっきりとそう告げた。

信じられなくて、まだこれは夢なんじゃないかと再び疑ってしまう。

だけど今の私の視界は、まどろみの中で見ていた白濁した景色とは全然違う。

世良の声も顔も息遣いも、あまりにも明瞭でリアルだった。

「嘘……。世良が私を……？」

「嘘じゃない。ってか、気づいてなかったの？　カラオケでは美織への想いを込めた、ラブソングばっか歌ってたのにさ」

「え……」

私は虚を衝かれた。

確かに恋愛の歌が多いなって思っていたけど……。

世良が歌う恋や愛の歌はあまりに綺麗で、尊くて。

もうすぐ死ぬちっぽけな自分なんかがこの世界に入れるなんて、到底思えなかったんだ。

そして世良は、さらに驚くべきことを私に告げた。

「……俺、美織のSNSのアカウントを知ってた。俺をいつも応援してくれていたアカウントを」

「え……！」

予想外の言葉に、私は息を呑む。

世良は私に優しい眼差しを向けながらこう続けた。

「俺にファンが全然いなかった頃から、いつも応援してくれていたよね。俺が落ち込んだり、夢を諦めそうになったりした時、あのアカウントの人はいつも俺の欲しい言葉をくれた。すぐにこれは美織だって俺には分かったよ」

そう確信した世良は、もうひとつこっそりと自分のアカウントを作り、私のアカウントをフォローして、常に呟きを見ていたのだという。

「美織、あのアカウントで自分はもう余命三か月なんだって呟いただろ。最期くらい、俺が一緒にいてくれないかなって……。アンチから変なコメントがついて、すぐに消したみたいだけど」

「……あの呟き、見たんだ」

世良の公式アカウントでは、私のファンアカウントはフォローされていなかった。すぐに消した呟きだったし、世良には見られてはいないだろうと私は思い込んでいた。

だけど世良が他のアカウントで私のアカウントをフォローしていたのなら、タイムラインに私の呟きが出てくるはずだから、彼の目に入る可能性は格段に上がる。

「うん。それでいても立ってもいられなくなって、美織んちに行こうとしたら、美紀ちゃんに会って。……それで事情を知ったんだよ」

世良が自ら私に会いに来てくれたの？

お姉ちゃんとたまたま会って偶然私の余命を知って、私にただ同情してくれたたんじゃなかった……？

「美織は俺に自分の余命について知ってほしくなさそうだったから、俺は知らないふりをした。……いつも大変だったよ。涙を堪えるのに必死だった」

全然気がつかなかった。

だって世良は私といる時、いつも昔みたいに明るくて楽しそうだったから。

「美織が『最期くらい俺といたい』って願ってくれたから。俺は美織のその気持ちにただ応えたかった。美織が死ぬ間際に俺との時間を望んでくれたのは心から嬉しかった。……でも、悲しかった」

世良は相変わらず切なげな瞳で私を見つめていた。

……私、何も知らなかった。

世良がそんな思いを抱えて、私との時間を過ごしていてくれたなんて。

何も知らないと思い込んでいた世良との楽しい時間はとても心地よくて、幸せだった。

でもそれは、世良が悲しみを必死に抑えて私にプレゼントしてくれた時間だったんだね。

「……世良、ありがとう。私、私……世良が好き。ずっと前から、今でも、きっと死んでも……世良が大好き」

言葉を発している間に、涙がこぼれてきた。

そんな私を世良はぎゅっと抱きしめる。

そんなことしたら余計泣けてくるのに。だって嬉しくて、悲しくて。

世良はしばらくの間無言で私を抱いていたけれど、私を解放するなりこう尋ねた。

「美織。さっきの曲だけどさ。作詞は完成したの？」

「……してないんだ」

「どうして？」

「……前に話したと思うんだけど、中学生の時に世良と私は釣り合ってないって陰口を言われて……。それでなんか自信無くしちゃって、私なんかが作ってもって思っちゃって……」

世良は残念そうな顔をした後、口を開いて何かを言いかけたけれど、その瞬間病室の扉が開いた。

お姉ちゃんと主治医の先生が入ってくる。

お姉ちゃんは意識を取り戻した私を見るなり、駆け寄って抱きしめてきた。

「……美織！　美織、よかった……！　もうあんたと話せないんじゃないかって……ううっ」

お姉ちゃんが嗚咽（おえつ）交じりに言う。温かい体温を私に与えながら。

──私、大切にされている。お姉ちゃんにも世良にも。自分が今まで考えていたよりも、ずっと。

私がこの世からいなくなっても、世良は歌い手として頑張っていくのだろうし、お姉ちゃんは仕事に励み、そのうち恋人を見つけて結婚するのだろう。

だけどきっと、世良もお姉ちゃんも私をずっと覚えていてくれる。

時の流れと共に、私のことを思い出す回数は減るのかもしれない。

でも自分には昔大切な存在がいたって、心のどこかに私の居場所を残してくれるのだろう。

ああ、なんて幸せなことなのだろうと心から思えた。

私がいなくなった後のことを想像したら、自然とこんな言葉が出た。

「先生。私に残された時間は……あとどれくらいですか？」

それまで、私とお姉ちゃんのやり取りを静観していた主治医の先生は、ためらいがちにこう答えた。

「最初に伝えた通り。……あと一か月あるかないかといったところだよ」

お姉ちゃんが「わっ」と声を上げて、号泣し始める。

世良は唇を噛んで、目を閉じていた。

だけど私は逆に安堵していた。

急に倒れたから、ひょっとしたら余命が縮まっているんじゃないかって不安を覚えていたから。

「そうですか。私、今は意識がはっきりしているんですが、これからまたぼんやりしちゃいますか？」

「そうだね。でも、ずっとそうだってわけじゃないよ。明瞭になる時とせん妄状態になる時が、交互に訪れるはずだ」

「なるほど。……それならよかったです」

さっきまでみたいに、ずっと夢うつつだったらどうしようかと懸念していたけれど、ある程度意識がある時間があるのならば、きっと大丈夫だ。

……きっと間に合う。

「え……？」

あと一か月程度で死ぬと宣言されたにもかかわらず、「よかったです」という私の言葉が不思議だったようで、世良が怪訝そうな顔をしている。

「世良。私、あの曲の作詞を完成させるよ」

そんな世良に、私は断言した。

驚いたのか、世良は目を見開いている。

「あと一か月の間に。絶対に絶対に、完成させるから」

「美織……」

「だから世良。……どうか歌って。私がこの世界からいなくなっても。私が生きていた証と世良への想いを、世良に歌ってほしいの」

私が最期の想いを世良に託すと、彼はしばしの間私を大きな瞳で見つめていた。

しかし、落涙しながらくしゃりと微笑むと、私を再び抱きしめて耳元でこう囁いた。

「うん……。必ず歌う。俺が美織の曲を……美織の最期の気持ちを……！」

「嬉しい……。ありがとう、世良……。私、世良に会えてよかった……最期に世良と過ごせてよかった……！」

私が答えた後、お姉ちゃんと主治医の先生が病室から出て行ったらしく、扉の開閉音が聞こえてきた。

私たちが醸し出す雰囲気を察して、ふたりの時間をくれたようだった。

私と世良は視線を重ねる。

世良は目尻に涙を溜めながら優しく微笑んでくれていた。

きっと、今の私も世良と同じような表情をしているのだろう。

私たちはどちらからともなく顔を近づける。

そしてゆっくりと唇を重ねた。

世良の薄く形のいい唇は熱を帯びていた。

世良の体温が、唇を通じて私の中にじわじわと伝わってくる。

確かに今私は生きていて、世良の温(ぬく)もりを感じていた。

世良が私を想う気持ちと、私が世良を想う気持ちが重なる感覚は、今までの人生の中で一番の幸せを私にもたらしてくれた。

「美織、大好きだよ。ずっと前から、今も。……これからも」

「……私も。世良が大好き……!」

口づけの後、私たちは言葉で再度お互いの気持ちを確かめた。

そして、さっき感じた幸福を再び味わおうと、もう一度キスをしたのだった。

*

世良くん大好き女@sera_daisuki
世良くんのメジャーデビュー曲、マジ神曲すぎる

みかん_世良推し@orange_sera
ダウンロードランキング十週連続一位だって!

メロディもいいけど、めっちゃ詞がいいよね～
せらえもん@serαemon
世良くんの地元の子から噂で聞いたんだけど、世良くんの死んじゃった恋人が作詞作曲したとか……
確かに作詞作曲のMioriさん、他で名前見ないよね
世良くんに恋人がいたとかへこむけど……
なな_世良一生推し@sera_77
あんなかっこいいんだから恋人がいないわけないじゃん
ってか、死んじゃってるならかわいそくない？
世良くんにドはまり中@SeraLoveYou
死んじゃった恋人が作詞作曲、マジだと思う
だって世良くん、歌う時悲しそうだけど幸せそうに見えるもん
世良くんと想いが通じ合っていたんだろうなあ、作詞作曲の人羨ましい……

Moon_世良応援垢@moon_Sera
今日世良くんがテレビの歌番組で歌うよ～
録画しなきゃ！

＊

今日はテレビ局内のスタジオで、歌番組の収録だった。

歌唱についての緊張は無かったが、別の不安が俺を襲う。

いつもこの曲のイントロが流れる度に、涙が出そうになるのだ。

レコーディングのためにスタジオ入りした時は、堪えきれなくて泣いてしまい、しばらく歌えなくてスタッフに迷惑をかけてしまった。

だけどこれからこの歌を、俺はできるだけたくさんの場所で歌うと決意している。

だから涙を堪えて、俺は歌唱しなければならない。

それに美織は、俺を悲しませるためにこの曲を作ったわけじゃない。

俺の今後を応援する気持ちと、美織が生きた証と、美織が消える前に通じ合った俺たちふたりの想いが、この曲には込められている。

そんな美織の想いは、世界で俺だけが歌えるんだ。

いちいち泣いているわけにはいかない。

――なあ、そうだよね。美織。

美織がこの曲を作ってくれたおかげで、これまでよりもさらに多くの人が俺を知ってくれたよ。

できるだけたくさんの人に、俺の歌を届けたいという幼い頃からの夢が、この歌をきっかけに叶いそうだよ。

美織は生きている時も隠れてずっと俺を励ましてくれていたけれど、この世からいなくなっても俺を応援してくれるんだね。

君はもう、世界から消えてしまったけれど。君の作ったこの歌は、俺の声を通して世界中の人の胸に響いている。

そしてこれからもずっと、この歌は俺を支えてくれる。

ずっとずっと大好きだよ、美織。

＊

世界から私が消えた後
作詞：Miori　作曲：Miori

あの日響いた君の声も
息を吸う仕草さえも
今でも鮮明に蘇らせられるのに
私には抗えない終わりが訪れる
奏でた音色に君が命を吹き込んでよ
この世界から私が消えた後も

誰かの声に押しつぶされて
私はピアノから遠ざかる
戯言(ざれごと)に費やす時間は残されていなかったのに
それでもあのメロディもあの呟きも
君の心に灯(とも)っていた

その指で命を数えていた時

私は初めて君の愛を思い知る
君の長い休息は　私の願望を包み込むため
色褪(あ)せていたあの日の約束をもう一度
私と君の記憶と愛を乗せて
この歌が永遠に流れますようにと

最期に聞いた君の声も
瞬きした君の瞳さえも
世界で一番綺麗だと思えたのに
私には抗えない終わりが訪れる
記(しる)した詞(うた)と共に私を覚えていてよ
この世界から私が消えた後も

きみと終わらない夏を永遠に

miNato

「——俺と、付き合って」

生ぬるい潮風が私たちの間を擦り抜ける。

「え……と？」

付き、合って……？

目の前の彼の表情は真剣そのもので、冗談を言っているようには見えない。幼なじみである彼のことは昔からよく知っているのに、まるで知らない人みたい。

急になにを言い出すんだろう。

いやいや、私の聞き間違いかもしれないし。

冷静になれ、私。心を落ち着かせようとするものの、反対に胸のドキドキは大きくなっていく。

私たちの思い出の場所でもあるこの桟橋には、高校生になってからもよく訪れている。海面が夕陽に照らされ、キラキラと輝いていた。

「次の試合に勝ったら、俺と付き合ってほしい」

呆然とする私に向かって、言葉を続ける彼。

私は頭が真っ白になり、なにも考えられなくなった。

落ち着け、落ち着け。

私は深く息を吸い、ゆっくりと吐き出しながら自分の胸にそう言い聞かせた。

遡ることを数時間前――。

「郁、そっち！」

キュッキュッとバッシュの擦れる音の中、するどいドリブルで次々とディフェンスをかわしながら、敵チームのオフェンダーが近づいてくる。

汗で視界が歪み、さらには暑さで頭がボーッとする。試合終盤に差しかかり、気力も体力も限界を超えている。

でも今はそんなことを言っている場合じゃない。

今日この試合で勝たなければ全国大会への道は閉ざされるのだから。

「あっ」

一瞬立ちくらみのように目の前が真っ暗になった。

めまいがしてふらつきそうになったけれど、思いっきり踏ん張る。

「郁！」

仲間の声がしてとっさにボールに手を伸ばしたが、時すでに遅く、オフェンダーはあっという間に私の横を駆け抜けていった。

うちが優勢だったにもかかわらず、後半戦で同点まで追いつかれ、あと数十秒でゲームセット。

これが最後の反撃のチャンスだったのに。

「いけー!」

「決めて!」

相手チームの声援が大きくなる。

部員が放ったボールは、弧をえがきながらまるで吸い込まれるかのようにゴールネットを揺らした。

——ピーッ

試合終了のホイッスルが鳴ると同時に、私は膝から崩れ落ちた。

私のせいで負けた、私の、せいで。

いろんなところから汗がふきだし、全身が濡れて気持ち悪い。

だけどそれ以上に……悔しい。

じわじわと目に涙が浮かび、歯を食いしばる。

めまいさえしなければ止められたかもしれないのに、ほんの一瞬の出来事が取り返しのつかないことになってしまうなんて。

整列して挨拶をしている時も、チームメイトがすすり泣きしている間も、私は顔を上げられず、ただ拳をきつく握り、唇を噛むことしかできなかった。

「大丈夫か？」

試合後、解散して体育館裏の木陰にいると、背後から声がした。

「は、颯っ」

彼は徐々に近づいてきて私の目の前で立ち止まる。

柔らかそうな黒髪に、背筋をまっすぐ伸ばして立つ姿が印象的な彼、月島颯は小学校時代からの私の幼なじみだ。

颯は私と同じ高校に通っていて、男子バスケ部に所属している。一七八センチと背が高く、キリッとした涼しげな目元とすっと通った鼻筋が校内の女子から〝クールでかっこいい〟と噂されている。

「大丈夫だよ」

「ウソつけ、悔しそうに拳握ってたろ」

強がってみせたって、颯にはすべてお見通しだ。

まっすぐな瞳で見つめられると、本音を見透かされそうで目を合わせていられなくなる。

「さっきのは郁のせいじゃないから気にすんなよな」

「でも、あそこで私が相手を止められてたら結果は違ったかもしれない」

「それはまぁ、結果論だな。相手を止めるチャンスなら他にもあったし」

心配してくれているであろう颯の励ましの声も、今の私の心には届かない。

「最後の、試合だったのにな……っ」

高校三年生の私にとって、今日がラストの試合になった。勝ち進んでいけば、もう少しだけ今のメンバーでバスケができたのに。

涙が浮かんでとっさに下を向く。

こんな姿、颯だけには見られたくない。

「郁はよくがんばったよ」

穏(おだ)やかな声と一緒に、颯の手が私の頭を撫(な)でた。

我慢していたはずの涙が次々にあふれて止まらない。

「勝ち、たかった……っ悔しい、よ」

「そうだな、悔しいな」

うんうんと、私の言葉に共感してくれる颯。

「これまで郁がたくさん努力してきたこと知ってるよ」

颯はちゃんと私を見ていてくれたんだ。

その事実がたまらなく恥ずかしくて、だけどそれ以上にとても嬉しい。

ものすごく悔しかったはずなのに、優しい手のひらの温(ぬく)もりに徐々に気持ちが落ち着いてきた。

「あり、がと……っ」

颯に弱った姿を見られたせいか、今さら照れくさくなってきた。

「ごめんね、こんなみっともない姿見せて……」

人前で泣くなんて普段強がりな私には似合わない。

だけど颯の前だとつい気持ちがゆるんでしまう。

「はは、今さらなに気にしてるんだよ」

颯は私を労うように、強くガーッと私の頭を撫でた。それは〝なにも気にするな〟の合図。

私が落ち込んでいる時や元気がない時に、いつもそうやってくれる。

私は颯のその仕草が、たまらなく好き。

そんなふうに特別な感情を抱いていることを、当然だけど颯は知らない。知られたら、今のままの関係ではいられなくなるだろう。そうなるくらいなら、自分の気持ちを隠して、幼なじみのままでい続ける方がいい。私の一方的な片想いでいいんだ。そしたらずっと、このまま笑い合う関係でいられるから。

「フェリーの時間やばいな」

港の方から十八時を知らせる夕焼け小焼けの音楽が鳴り、一気に現実へと引き戻された。私たちは離島から本土にある高校へとフェリーで通っている。十八時五分の最終便に乗れなければ、家へ帰る手段を失ってしまうというわけだ。

「急ごう！」

涙はいつの間にか止まり、私たちは慌てて学校を後にする。そして港へと続く海沿いの一本道をダッシュで駆け抜けた。

昼間の熱気を残したアスファルトが汗を誘い、滝のように全身に流れる。

「わっ！」

足がもつれて転びそうになったけれど、なんとか持ちこたえた。

「大丈夫か？　ほら」

前を走っていた颯がそんな私に気づき、戻ってきた。

スッと伸びてきた颯の手にギュッと握られた瞬間、心臓が大きく飛び跳ねる。

「行くぞ」

「え、ちょっ……」

颯は私が返事をするよりも先に走り出した。

予想外の出来事に頭も身体もまったく追いつかない。

広くて大きな背中も、大きな手の温もりも、指通りの良さそうなきれいな黒髪も、その全部に胸が高鳴る。港までは走れば二分ほどで着く。

「はぁはぁ、つ、疲れた」

フェリーに乗る直前まで颯に握られていた手がいまだに熱いのは、きっと夏のせいなんかじゃない。

私とは対照的に颯は息ひとつ乱すことなく平然としている。こんな大胆なことを恥ずかし気もなくできるってことは、私のことを意識していない証拠。

ギリギリで最終便に飛び乗った私たちは、甲板へと移動し、そこにあるベンチに腰かけた。

潮と磯の混ざった香りに包まれながら、フェリーがゆっくりと動き出す。たちまちスピードを増し、波の間を縫うように進んだ。

そしてあっという間に港へ到着した。颯と一緒の時はどちらからともなく港の先にある桟橋へと足が向き、寄り道して帰るのが定番になっている。

水平線の向こうに太陽が沈んでいこうとしているその瞬間を見るのが好きで、思わず目が離せなくなる。

試合に負けて悔しい気持ちは消えないけれど、さっきよりもずいぶん落ち着いた。それはきっと隣にいる颯と、この景色のおかげ。

「颯も来週の土曜に試合だよね。私、応援に行くから」

「あー、うん、そうだな」

なんだか煮え切らない返事をするのは、男子バスケ部の次の対戦相手が強豪校だからだろう。一昨年も昨年も、男子バスケ部は決勝でその強豪校に敗れている。

「大丈夫だよ、毎日あんなに練習してるんだから。って、今日敗退した私が言うのもなんだけどさ」

颯は私の顔をちらりと見てからすぐに視線を戻し、神妙な面持ちを浮かべる。

私はそんな颯の顔を覗き込んだ。

「緊張してる？」

「誰が。負けないように精いっぱいやるだけだ」

颯は拳を強く握りながら、覚悟を決めたような表情を見せる。どうやら迷いや不安はないらしい。

「よかった、頑張ってね！」

私はそんな颯を見て一安心。負けた私たちの分まで頑張ってほしい。そう願いながらニコッと微笑むと、颯はなぜかジッと私の目を見つめ返した。

距離が近いことに驚き、思わず目を見開く。

な、なに？

いきなりビックリするんだけど。

そう思っても何も言えず、思いがけない行動に戸惑いを隠せない。

とっさに目をそらそうとすると、今度はギュッと手を握られた。

「あ、あの、はや、て？」

なんだかいろいろと、わからないことばかり起きている。

ドキドキと変に胸が熱くなった。

「あの、さ」

さっきまでとは打って変わって、トーンの落ちた颯の声。

「俺、負けないように郁たちの分まで頑張るから」

さらにギュッと手に力が込められた。

心臓の音が今にも聞こえてしまいそうなほど、ドキンドキンと高鳴っている。

「──俺と、付き合って」

颯の声は波の音にかき消されそうになったけど、はっきりと私の耳に届いた。

「え……と？」

付き、合って？

私の聞き間違いかな。

「次の試合に勝ったら、俺と付き合ってほしい」

それが颯の口から出た言葉だというのがどうしても信じられず、頭が真っ白になった。

だって颯は私のことなんて意識していないはずで、なんとも思っていないんじゃやなかったの？

それなのに……。

熱のこもった颯の瞳を見て、自分の顔が赤くなっていくのがわかった。

「俺は本気だから」

至近距離で手を握りながら、そんなことを言う颯を私は知らない。こんなに強引で大人っぽい表情は初めてだ。

突然のことにどう返事をすればいいかわからずにいると、颯が続けて口を開いた。

「じゃあ、また来週の土曜にここで返事聞かせて」

颯は戸惑う私にそう言い残すと、この場を立ち去った。

私はいつまでも、そんな颯の背中から目が離せなかった。

「わ、もうこんな時間だ！」

翌日、目が覚めたら十時前だった。

わー、遅刻だ！

慌ててベッドから飛び起きたものの、ハッと我にかえった。

「あ、そっか、今日は休みなんだ」

頭が重くてボーッとするのは寝不足のせいだろうか。

昨夜は試合の悔しさよりも、颯のことが頭から離れず、なかなか寝つけなかった。胸がドキドキして、ご飯も喉を通らないほどだった。両親は試合に負けて落ち込んでいるんだと勘違いしていたみたいだけど、いろいろ聞かれると面倒なので、それはそれでかえって都合がよかった。

『俺は本気だから』

いったいいつから、颯は私のこと……。

冗談やウソなんかじゃないのは昨日の雰囲気からもわかる。そもそも颯はこの手の冗談を言うタイプじゃない。クールでなにを考えているかわからないところがあるし、あまり自分の意見を口にする方ではない颯が、あんなにストレートにまっすぐぶつかってくるのは初めてだ。きっと本気で言っているんだろう。って、当然だよ。でもまだ信じられない。まさか自分の身にこんなことが起こるなんて。

だからこそ昨日はなにも言えなかった。嬉しかったのに、すぐに返事ができなかった。今日も会ったらきっと、変な態度を取ってしまう。どんな顔で会えばいいのかもわからない。恥ずかしさでいっぱいで冷静ではいられないかもしれない。

幸い今は夏休みなので学校に行かなくてもいい。颯とはほぼ毎日のように朝同じフェリーで通学していたから、会わずに済むのはよかったのかもしれない。だけど少し寂しいような気もする。会いたいのに会いたくないって変な感じ。

来週の土曜日まではきちんと覚悟を決めよう。颯が伝えてくれたように、私も素直な想いを颯に伝える。ちゃんと『好きだよ』って言おう。

「あー、でも緊張するよぉ」

「なにが緊張するって？」

「お、お母さんっ……！」

部屋のドアの前に立っていたらしいお母さんが、突然顔を覗かせた。

「やだ、勝手に入ってこないでよね」

「なに言ってんの、なかなか起きてこないからでしょ」

お母さんは呆れ顔で私に言う。

「今日は部活も休みだし、いいんだよ」

「あ、やっぱり忘れてるわね」

お母さんはため息交じりに小さく笑ってから「今日は定期検診の日でしょ」と私に告げる。

「フェリーの時間もあるんだから、準備できたらすぐご飯食べて出るわよ」

そうだ、今日は年に一回の定期検診の日だった。前々から言われていたけど、部活が忙しかったのと、昨日の颯の一件ですっかり頭から抜け落ちていた。

着替えようとしてベッドから立ち上がった瞬間、急に目の前が真っ暗になった。

クラクラとめまいがしてベッドに倒れ込む。

目を閉じて一分ほどじっとしていると、どうにか治った。

思えばここ一週間くらいめまいやふらつきが増えた気がする。

やだ、熱中症になりかけかな。しっかり水分摂らなきゃ。

なんだか嫌な予感がしつつも、それ以上は考えないようにした。

そして着替えを済ませてから部屋を出てリビングへ。お母さんに急かされながら遅めの朝食を食べ、フェリーの時間に合わせて家を出た。


「神崎郁さん、どうぞ」

待合室で待機していると、わりと早めに名前を呼ばれた。

年に一度の定期検査というのは、過去に私が発症した病気が再発していないか調べる検査だ。採血が主で、なにもなければすぐに終わる。そう、なにもなければ。

診察室に入った瞬間、空気がピンと張り詰めているのがわかった。丸椅子にお母さんと並んで座ると、険しい表情を浮かべた先生がおもむろに切り出す。

「検査の結果なんですが、腫瘍マーカーの数値が前回よりもかなり上がっています」

ドクン、と心臓の鼓動が嫌な音を立てた。

「そ、それは、再発しているということですか？」

突然の宣告に声が出せないでいる私の隣で、お母さんの震える声がした。

やめて、なにも聞きたくない。知りたくない、真実なんて。

恐怖から耳を塞ぎたい気持ちにかられる。

「詳しく検査しないとまだわかりませんが、おそらくそうでしょう」

「そんな、どうして……っ！」

「突然のことに驚かれるのも無理はないです。これからすぐ入院して、明日以降詳しい検査をしていきましょう。話はまずそれからです」

すぐ横で繰り広げられる先生とお母さんの会話についていけず、呆然とすることしかできない。

まさか、なにかの間違いだよ。

だって、そんなはずはない。こんなに元気に昨日まで普通に生活してたんだから。

ショックが大きくてほとんど記憶はないけれど、気づくといつの間にか病室のベッドにいて、あたりは西陽がさして夕焼け色に染まっている。お母さんの姿はすでになく、私は部屋にひとり取り残されていた。

いったいあれから、どのくらいの時間が経ったのだろう。感覚が麻痺してよくわからない。

ただひとつだけわかるのは、未来は明るくないということ。

ここ最近の身体の異変は、再発したせいだと考えたら納得できる。私はいったいどうなってしまうんだろう。答えの出ない問いがぐるぐると頭をめぐる。

私は二歳の頃に脳腫瘍が見つかり、それから約四年もの間治療や手術のために入退院を繰り返してきた。

小学校入学前に完治して以来、病気のことを忘れるくらい元気に過ごしてきた。この島に引っ越してきたのもちょうどその頃で、颯はもちろん、島の人たちは私が病気だったことは知らない。誰にも気づかれないくらい元気だった。

それなのに……。

喉の奥がツーンと熱くなり、目にブワッと涙があふれた。

なんでこんなことになっちゃったの……？

再発しているのは確かなのだろう。またツラい治療が始まるのか。

治るんだよね？って、なに考えてるの、当たり前じゃない、治療すればきっと大丈夫。そうに決まってる。

バスケでハードな練習にも耐えられたんだから、治療だって絶対に乗り越えられる。

だから私は大丈夫。自分にそう言い聞かせ、その翌日からたくさんの検査に臨(のぞ)んだ。

だけど現実は残酷で、もうすでに取り返しのつかないところまできていたらしい。

「て、転移……ですか？」

検査の結果がすべて出揃い、両親とともに告知された内容は、耳を疑いたくなるようなことだった。

「ええ、脳への再発と肝臓と肺への転移が見られます。おそらくリンパ節や骨への転移もあるかと。抗がん剤が効かなくはないですが、今後は治療というよりも、緩和ケアがメインになってきます」

息を呑む両親の隣で、ひっそりと息を殺す私。

緩和ケアって、なに？

もう治療しても意味がないってこと？

そこまで手遅れだということ？

骨にまで転移してるって……。

今回も、ツラい治療を乗り越えたら大丈夫だと思っていた。でも違った。

いきなりそんなことを言われても、受け入れられるはずがない。

「申し上げにくいのですが、余命はおそらく一か月ほどだと思います」

頭をハンマーで殴られたような衝撃が走る。

一瞬言葉の意味を理解できなかった。

余命って……先生はいったい、誰の話をしているの。

「そんな、そんなのって、ウソに決まってます！　郁がそんな……っ！　先生、なにかの間違いですよね！　ねぇ！」

お母さんの泣き叫ぶ声に、胸が潰れそうなほど苦しくなる。一瞬でも気を抜くと倒れてしまいそうだ。地に足が着かず、ふわふわしているような状態。

「落ち着けるわけないでしょう！　郁が……郁が死ぬだなんて！」

お母さんの言葉がドンと胸に突き刺さった。

死ぬ……そっか……私、死ぬんだ。

緩和ケアって、余命って、そういうことなんだ……。

改めて言葉にされることで、恐怖がズドンとのしかかった。

お願いだから、誰か冗談だと言って。

ウソだと言って安心させてよ。今なら笑って許してあげるから。

「正直今の血液検査の数値や身体の状態で、普通に生活できていることの方が奇跡です。この先急激に悪化することもありえるのですが、このまま入院を継続されますか？　それとも退院してご自宅で過ごされますか？」

入院以外の選択肢が与えられたことで手の施しようがないのだと思い知らされた。

「ねぇ郁、このまま入院して治療しましょう。そしたら治るから。ね？」

お母さんは涙と鼻水でぐしゃぐしゃの顔で私の手を握った。その手はありえないほど震えていて、さらに胸が締めつけられる。

「私は、家で過ごしたい……」

「だめよ、そんなの。ちゃんと治療しなきゃ、治らないでしょ？」

ちゃんと治療して治るのなら、先生もこんな話はしないはず。お母さんもそれをわかっているだろうけど、受け入れられないんだ。

「お母さん、ごめんね。お願いだから、家で過ごさせて」

「母さん、郁が帰りたがっているんだから、好きなようにさせてあげよう」

「でもっ」

いつもは寡黙なお父さんが、お母さんをなだめてくれた。

私はどこか他人事のように二人のやり取りを聞いていた。

とてもじゃないけど、すぐにはまだ信じられなかった。

自分がこの世からいなくなるかもしれないということが。

二日後――。

ミーンミンミンミン。

今年の夏は異常なほどの猛暑で、一歩外へ出ただけで体温が一気に上昇する。

日陰を歩いたって意味がないくらい、太陽のギラギラとした熱が眩しくて目が痛い。

「あ、郁、おはよう」

「やっちゃん、おはよう」

二人でフェリーに乗り込み、冷房の効いた船内の座席へ並んで座る。小学校からの友達の柏木弥生こと、やっちゃんとは、同じバスケ部に所属していて気心の知れた仲。

「今日で本当に最後かぁ。寂しくなるなぁ」

やっちゃんがぽつりとつぶやく。この前の試合で敗退したことで、私たち三年生は今日引退する。三年間毎日のように頑張ってきて迎えるこの日は、もっと感慨深いものだと思っていた。

「あ、そういえば、こないだの試合の後、月島くんといい感じだったでしょ？」

ニヤリと笑いながら、やっちゃんが私の顔を覗き込む。

背が高く、スラッとしたモデル体形のやっちゃんは、バスケ部の部長を務めるほどのしっかり者。

明るくハキハキとした性格で、なんでもズバリとものを言う。裏表がないので、一緒にいてかなり楽。

「み、見てたの？」

「まさか、たまたまだよ。あの日郁が落ち込んでたみたいだったから、心配して探してたんだよね。そしたら月島くんといい感じだったもんで、あたしはそっと身を引いたってわけ。なにか進展あった？」

やっちゃんは私の気持ちを知っている。だから突っ込んで聞かれることもしばしばだ。

「なにもないよ」

試合の日からの出来事が、今となっては遠い昔のことみたい。

「えー、めっちゃあやしいんですけど」

病気のことがなかったら、この間の出来事をやっちゃんに喜んで話せたのかもしれない。

余命宣告を受けた日から時間が止まってしまったかのような感覚に陥っている。

いまだに受け入れられなくて、頭の中はぐちゃぐちゃだ。

「ねぇ郁、聞いてる？」

「へっ？」

「来週月島くんの応援に行くんでしょ？」

「……あ、うん」

颯にもそう約束したし、応援したい気持ちはすごく強い。

「あたしも行くから一緒に行こうよ」

「もちろんだよ」

私はやっちゃんに笑顔を向けた。無理にでも笑っていないと心が壊れてしまいそうで怖かった。

「ねぇ、なにかあったでしょ？」

そんな私の顔を、やっちゃんは訝しげに見つめる。

「何度も言うけど、颯とは本当になにもないよ」

「そうじゃなくて、今日の郁は様子が変だから。悩みとか心配ごとがあるなら聞くよ？」

「…………」

これまでの私なら、なんでもやっちゃんに話していた。本当なら今だって、すべて打ち明けたい。だけどこんなこと、言えるわけがない。

「郁は聞かなきゃ何も言ってくれないんだもん」

ごめんね、やっちゃん。心配してくれているのはよくわかってる。

「言える時がきたら、言うね……」

それっていつだろう。私はこの先どうなってしまうの。

先のことを考えるのが、こんなにも怖いと感じたのは初めてだ。一か月後にはこの世にいないかもしれないなんて、想像もつかない。

「郁のペースで話してくれたらいいよ。いつでも力になるからさっ！」

「……ありが、とう」

涙があふれそうになったけど、必死に歯を食いしばって耐える。

「やっちゃん……あの、ね」

私ね、がんが再発したの。それでね、もうすでに手遅れで……余命一か月なんだって。突然突きつけられた重すぎる現実を、私はまだ理解することができないんだ。

こんな話を聞かされても、やっちゃんだって困惑するよね。どんな顔でなにを言えばいいかわからないはず。やっちゃんを困らせたくないから、やっぱり今はまだ言えない。残された時間は少なくて、どうすればいいのか自分でもわからない。いろんな感情が押し寄せて、胸が張り裂けそうになった。

黙り込む私にやっちゃんはなにも言わず、ただずっと隣にいてくれた。

フェリーを降りると、学校までは徒歩で数分の距離。この道を歩くのも、今日が最後かもしれない。海沿いの道から水面が反射しているのが見える。はるか遠くまで続く快晴の空も、フェリーの汽笛も、打ち寄せる波の音も、湿っぽい潮風も、磯の香りも全部、忘れないように心に焼きつけておきたい。

今まで当たり前だと思っていたことが、当たり前じゃなくなってしまう。

こんなことになって初めて、日常のなんでもないようなことが、特別なことのように感じるなんて。

不意に涙で視界が歪んで、通学路の途中で足が止まる。最後かもしれない景色を、大好きなこの町の雰囲気を、しっかり身体に刻み込んでおこう。

「郁？　どうしたの？」

そんな私に気づいたやっちゃんが、振り返って首をかしげる。

「あ、ううん、なんでもない」

そっと涙を拭って再び歩き出そうとした時、急に目の前が真っ暗になり、足元がふらついた。立っていられず、その場に崩れ落ちるようにして倒れる。

目を閉じていてもめまいがして。ああ、だめだ、私……もう。

「郁!?」

遠くでやっちゃんの叫ぶ声と、波の打ち寄せる音がした。

「やっ……ちゃん？」

だんだんと意識が戻ってきて、薄目を開けた私の視界にぼんやりとした人影があった。

「目が覚めたか？」

その人影は私にグッと近づき、顔を覗かせた。だけどそれはやっちゃんではなく、よく見知った顔だった。

「は、はや、て……！」

どうしてここに？

頭が冴え始め、ここが学校の保健室であることがわかった。

「柏木から郁が倒れたって聞いて」

ええっ⁉　やっちゃんから？

颯はバスケのユニフォーム姿で、額にはうっすらと汗が浮かんでいた。聞くところによると、血相を変えたやっちゃんが部活中の体育館に飛んできて、男子バスケ部に助けを求めたんだとか。

「大丈夫か？」

眉を下げ、心配そうに私を見つめる颯に胸がドキドキと高鳴る。

「大丈夫だよ。ただの寝不足だから」

保健室のベッドに横になっていてもいまだに頭がクラクラして、起き上がるのはまだ無理そうだ。

「ごめんね、迷惑かけて。私はもう大丈夫だから、颯は練習に戻って」

試合前の大事な時に邪魔はしたくない。ひとりになると余計なことを考えてしまいそうで不安だけど、颯に迷惑かけるよりは全然いい。

「なに言ってんだよ、強がり。まだ顔色悪いぞ。よくなるまでそばにいるから」

額をコツンと小突かれた。

弱っているからなのか、颯の優しさが身にしみる。

「……ごめんね」

「いいよ、謝らなくて」

「うん……ありがとう」

目を閉じ、安静にしていると、めまいは徐々に落ち着いた。セミの鳴く声がやたらと耳につく。遠くのほうでフェリーの汽笛が聞こえた。

「夏、だね」

「そうだな」

ぽつりと呟けば颯がそう返してくれた。

「なんだかいろいろ、あっという間だったなぁ」

高校生になってから、部活に明け暮れ、気づくと引退する日がやってきていた。今日まで一瞬だった気がする。だけどこの数日間はとてつもなく長く感じ、それはまるで出口のない迷路に入り込んだよう。

「来年は大学生だな」

「……だね」

なんてことのないいつもの会話。自分には訪れないであろう未来の会話をするのが、こんなにも苦しいだなんて思わなかった。

「郁は進路どうするか決めてんの？」

「私……？」

当たり障りなく『一応ね』とだけ答えた。他にどう言えばいいのか、わからなかった。

私がいなくなったら、颯はどう感じるのかな。

悲しませてしまうよね、きっと。逆の立場だったら、私は一生立ち直れないかもしれない。

『俺と、付き合って』

両想いだったことが、本当に嬉しくてたまらなかった。

だけどそれは、余命宣告を受けるまでのこと。再発したことで私の人生は一変した。

天国から地獄に突き落とされ、未来に希望なんて見えない。

私の気持ちは誰にもわかってもらえないだろう。だからって、塞ぎ込んでばかりいる自分も嫌だ。かと言って無理には笑えない。颯の隣にいたいのに、もうそれは叶わない。私だけがここからいなくなってしまうから。

これからいったい、どうすればいいの？

「やっぱ心配だから送ってくよ」

それからしばらくして、体調は起き上がれるまでに回復した。部活に少し顔を出してから帰ろうとしたら、颯に呼び止められた。

「大丈夫だよ、颯は部活があるんだから」

いくら私がそう言っても頑固な颯は譲らなかった。一度言ったらきかないところがあるのを知ってるので、申し訳ないと思いながらも送ってもらうことにした。

体育館に顔を出すと、やっちゃんが私を見るなり安堵の表情を浮かべた。バスケ部の後輩や同級生たちに次々と取り囲まれ、涙なみだのお別れとなった。それでも私の心はどこか違う場所にあって、まるで一枚の壁を隔てたみたいに、遠くからみんなを見ている自分がいた。

ふと視線を移すと颯がスポーツバッグや大きな水筒を持っているのを見て驚く。

「ちゃんと家まで送るから」

私の気持ちを見抜いたのか、すかさず颯がそう言った。そしてスタスタと歩き出す。

学校を出たのが十五時すぎ。

私は慌てて颯の背中を追いかけた。

「港までで大丈夫だよ。練習できなくなっちゃう」

「家で自主練すれば問題ないよ。先生も許可してくれたし」

結局私のせいで颯に迷惑をかけてしまった。

それがとても心苦しくて、情けない気持ちでいっぱいになる。

「……ごめんね」

ぽつりと呟くと、颯は急に立ち止まって私を振り返った。

「俺がしたくてしてるんだから、郁は気にする必要なんてない」

「ありがとう」

だけどやっぱり、ごめんね。颯だけじゃなく、颯のチームメイトにも迷惑をかけてしまっている。

「そう言ってくれる方が嬉しい」

颯はそう言って小さく笑ってみせた。クールな表情が柔らかくなり、ドキッとさせられる。自分の顔が熱くなっていくのがわかった。

「い、行こ」

それを誤魔化すようにして、うつむきながら颯の隣に並ぶ。すると、再び颯がフッと笑う気配がした。さっきまでは体調が悪かったからそこまで頭が回らなかったけど、冷静になると気まずく思えてきた。

あの日以来颯とは会っていないし、連絡すらも取っていない。戸惑っていたまま別れたから、次に会う時はどんな顔をすればいいのかわからなかった。

だけど、あまりにも何事もなかったかのような颯の態度に、あっさり拍子抜けしてしまったというのが正直なところ。でもそれは颯なりの優しさなのかもしれない。

「なんだよ、人の顔じっと見て」

伸びてきた颯の手のひらが、私の髪をぐしゃぐしゃとかき乱す。

「あんま見んなよ、恥ずいだろ」

そう言ってプイとそっぽを向いた颯の横顔がほんのり赤い。

「ご、ごめん」

そんな颯を見て、私まで緊張してきてしまった。

いつもと変わらないと思っていたけど、前までとは確実になにかが違っている。だって、こんな颯を見るのは初めてだから。

その後、どちらからともなく歩き出し、港へと向かう。

定位置の甲板は暑いので、クーラーが効いた船内で並んで二人で座った。

どことなく気まずくて、フェリーに乗っている間は終始無言だった。きっとお互いに、なにを話せばいいのかわからなかったんだ。

「せっかくだし、いつものとこ寄る？」

フェリーを降りたところで、颯が沈黙を破った。

「あ、でもまだ体調悪かったら無理しなくても」

「ううん、大丈夫だよ。行きたい」

灼熱の太陽が容赦なく照りつけ、少しの距離でも体力を奪われる。でも今日で最後かもしれないと思うと、どうしても行っておきたかった。

「うわぁ、きれい」

海岸沿いを歩き、桟橋の先端まで行くと、そこから空と海が繋がる地平線をただ眺めた。

透明度が高い海と、どこまでも澄んだ青い空を見ていると不思議となにもかもを忘れられる。

昔からなにかあるとよくここにきていたっけ。

「こうやってゆっくり過ごす時間は久々な気がする」

実際にはついこの前もきたばかりだけど、あの時は颯の告白に頭が真っ白になって余裕がなかった。

「俺も同じこと思ってた」

ちらっと隣を見ると、太陽光に目を細める颯の横顔が映った。唇の端をわずかに上げて、遠くの方を眺めている。この優しい顔を、私はずっと隣で見てきた。

私だけが知ってる特別な顔。やっぱり好きだな。

でも……言えない。もう前までの私ではないから。

私の病気を知ったら、優しい颯のことだ、きっとそばにいてくれようとするだろう。

すべてを犠牲にしてまで、そうしてくれようとする颯の姿が想像できる。だけど私は、苦しんでいる姿を颯にだけは見せたくない。悲しませてしまうのをわかっているから。颯の重荷にはなりたくない。好きだから、颯には笑っていてほしいんだ。だから言わない。そう決心して、拳を固く握り締める。

「なんかあった？」

「えっ？」

気づけば颯に顔を覗き込まれていた。

「元気ないなと思って。まだ具合悪い？」

「ううん、もうよくなったよ」

なにも考えることなく、ただ二人でずっとこうしていられたらどれだけよかったんだろう。ただ颯の隣で、ずっとこうしていたかった。

私はあふれそうになる涙を必死にこらえ、沈んでいく太陽を眺め続けた。

そして颯の試合の日がやってきた。

朝起きてしばらくめまいがしたけど、なんとか動けたので気合いで試合会場まで辿り着いた。

やっちゃんがいてくれたから、心強くてホッとしている部分もあった。だけどこの前みたいに迷惑はかけられないので、試合が終わって家に帰るまで気は抜けない。

試合開始から相手チームに先制点を取られ、颯のチームも追いつこうと頑張ったけど、前半は巻き返すことなく終了した。だけど後半戦に入ってすぐ、颯がボールを奪い、一気にゴールまで駆け抜け、そのままダンクシュートを決めた。

ハラハラドキドキしながらいつの間にか手に汗を握って、颯の姿を目で追っていた。

熱気であふれる体育館内は、とても暑くてクラクラするほど。だけど、体調のことはすっかり忘れて、試合に集中している私がいた。

「きゃあああ！」

「かっこよすぎー！」

どこかから女子たちの大歓声が聞こえてきた。

波に乗ったように、颯のチームのメンバーが次々とシュートを決めていく。全員から『絶対に勝つんだ』という気迫が伝わってきた。

がんばれ、がんばれ、がんばれ！

両手を握り合わせながら、心の中で叫ぶ。

すると、ボールを奪った颯がふと観客席を見上げた。

まるで最初からそこに私がいるのを知ってたみたいに、こちらを見て小さく笑った。

確かに目が合ったから、間違いないと思う。その証拠にやっちゃんが『今絶対郁のこと見て笑ったよね！』とテンションマックスで背中をバンバン叩いてきた。

ドキンドキンと高鳴る心臓の鼓動を感じながら、まっすぐゴールに向かって行く颯の姿に目を奪われ続ける。

軽やかにディフェンスをかわし、スリーポイントシュートの位置までくると、颯は素早くボールを放った。

より一層大きな歓声が響く中、見事にゴールを決めた。

「きゃあぁぁ、やった！」

やっちゃんと手を取り喜びを分かち合う。

後半に入ってからどんどん点差が縮み、颯のスリーポイントシュートで逆転した。そのおかげもあってか、ひときわ大きな歓声が上がっている。

どうか、このまま勝てますように。

やっちゃんとギューッと手を握り合いながら、強く願った。

「いやー、最後はだめかと思ったけど、ほんとよかったよね！」

試合終了後、フェリーの中でやっちゃんがニコニコ顔を浮かべる。ここ十年ほど毎年負けていた強豪校に、久しぶりに勝てたのだからそれも無理はない。

全国大会への切符を手に入れた男子バスケ部たちの夏は、まだまだ終わらない。できれば全国大会の試合も直接観に行きたかったけど、泊まりでなければ厳しいと思うので、どうだろう。その頃まで私は元気でいられるのかな。そんな不安が頭をよぎり、浮いていた気持ちが一気に落ちる。

未来のことなんて考えず、喜びに浸っていられたらどれだけよかったんだろう。

「郁？」

「へっ⁉」

どうやらぼんやりしていて、やっちゃんの声が耳に届いていなかったようだ。呆れ顔で見られ、ハッとする。

「月島くんと帰らなくてよかったの？　って聞いたんだけど」

「ごめんごめん」

とっさに笑顔を作った。やっちゃんは私が話したくなるまで待つと言ってくれているけど、きっとなにか察しているに違いない。

「うん、多分」

「えー、今日くらいは一番におめでとうって言ってあげた方がよかったんじゃない？」

「それは、そうだけど」

この後桟橋で颯の帰りを待つつもりだったけど、一緒に帰った方がよかったかな。

特に約束したわけじゃなかったから、やっちゃんと帰ってきたんだけど、やっちゃんは気にしているみたい。

「月島くんも郁の顔を見たいって思っているかもよ？」

「そ、そんなことないでしょ」

そうだよ、そんなはずはない。

「だってさ、試合が終わってすぐ、郁の方を見てたじゃん？　気にしてる証拠だよ」

そんなふうにやっちゃんにからかわれ、否定するのも気まずくなってしまう。そうこうしているうちに、スマホが鳴っていることに気がついた。画面には『颯』の名前があり、すかさずやっちゃんが「ほら、やっぱり！」と突っ込んでくる。

なんだか恥ずかしくて迷っていたら、着信が途切れた。

「ちょっと上でかけ直してくるね」

「はーい、頑張ってね」

目をキラキラさせながら、やっちゃんは私に手を振った。

なにを話すのかは決めていないけれど、やっぱり直接『おめでとう』と言いたい。

甲板に移動してから、颯に電話をかけ直そうと画面を開く。ちょうどそこで再び颯から着信があった。

「も、もしもし」

やっちゃんが変なこと言うから、なんだか少し緊張する。

「おつかれさま。それと、おめでとう！」

颯が返事をする前に言い切ると、スマホの向こうでフッと笑う声がした。なんだか捲し立てるような言い方になってしまったのが恥ずかしい。

「ありがとう」

「あ、うん」

颯はどうやらまだ学校のようで、遠くでチャイムの音がした。

「郁はもうフェリーの中？」

きっと波の音がスマホから聞こえたんだろう。

私はそっと学校がある方向へと目を向ける。

太陽が高い位置で海面を照らしている。日光が眩しくて思わず目を細めた。

「うん、今帰りだよ。先に帰ってきちゃってごめん。でも、桟橋で待ってるから」

私が言うと、颯が息を呑んだのがわかった。

「俺も次の便で帰るよ」

「……うん」

颯には自分の気持ちを伝えないって決めたから、ちゃんと話さなきゃいけない。

颯を前にしてどんなふうに話せばいいんだろう。好きなのに、好きじゃないと言わなければいけないのがツラい。だけどここで逃げずに向き合わなきゃ。颯を悲しませないって決めたんだから。

「じゃあ後でね」

「わかった」

そんな会話をして電話を切った。

フェリーが到着する。やっちゃんとは帰る方向が違うのでお別れだ。

私たちの約束の話をすると、やっちゃんはテンションが高かった。

「じゃあなにかあったら絶対報告してね。バイバイ」

「気をつけてね、やっちゃん」

やっちゃんと別れ、私は桟橋へと向かった。

海岸沿いを歩きながら、水平線をぼんやり眺める。

これまでずっと暮らしてきて、大好きな景色のはずなのに、目に映るものすべてが色褪せている。

「っ……！」

その時突然、立っていられないほどのめまいがして私はその場にしゃがみ込んだ。

目を閉じてもグラグラと頭が揺れる感覚がする。

あ、だめだ、これは、だめなやつだ……。

だけどこんなところで意識を失うわけにはいかない。

今の時間なら、お母さんが家にいるはず。

肩がけのショルダーバッグからスマホを取り出す。手探りで画面を開き、着信履歴からお母さんの番号を探して電話をかけた。

ギリギリの中で意識を保ち、早く出てと祈る。

ああ、もう、だめ。

「郁？」

「たすけ、て……っ」

意識が飛びそうになりながら、スマホの向こう側にいる人に必死で助けを求めた。

とても温かい空気に包まれている中で夢を見た。

昔の思い出が次々とショート動画みたいに出てきて、移り変わっていく。

まだ小学校低学年の颯と私が、地元の砂浜で遊んでいる。

砂で山を作ってトンネルを掘ったり、木の枝で砂浜に絵を描いたり、追いかけっこをしたり。ああ、楽しかったなぁ。

ある日二人で桟橋にいると、私の麦わら帽子が風で飛ばされ、海へ落ちたことがあった。買ってもらったばかりでお気に入りだったこともあって、私は泣いてしまったんだ。すると颯は躊躇うことなく桟橋から海へ飛び込み、帽子を拾ってくれた。桟橋付近は危険だから、子供同士で行ってはいけないと言われていた上に、飛び込みまで。颯には私のために危ないマネをさせてしまった。

服がびしょ濡れになったから、帰ってから親に叱られたんだと思うけど、颯は一切私を責めなかった。

「お気に入りの帽子をなくさないでよかったね」とまで言ってくれて、颯の優しさにドキドキした。

きっとその時、私は颯に恋をした。

クールであまり感情が表に出ない颯だけど、実は優しいということを私は昔から知っている。バスケが大好きで、友達思いで、かっこよくて、強くて、優しい。

そんな颯を尊敬していたし、憧れていた。大切で大好きだった。

颯も同じ気持ちでいてくれたらなって、心の底では思っていた。

「んん……っ」

頭が冴え始め、意識が戻ってきた。

「郁!?」

「お、かあ、さん……?」

うっすら目を開けると、見覚えのある天井が映った。

そこへ目を真っ赤にしたお母さんが、私を見下ろしている。

「ああ、よかった、よかったわ……っ！」

涙を拭いながら、お母さんは安堵の声をもらす。

ここは家の和室で、私は布団に横たわっていた。

「大丈夫か？　颯くんから郁が大変だと連絡をもらって、飛んでったんだよ」

「えっ？」

お母さんに電話をかけたと思っていた私は、ボタンの操作ミスで颯に電話をして助けを求めていたらしい。

ただごとじゃないと感じた颯は、私の家に電話して私を探してもらったんだとか。

「そういえば……今、何時？」

和室の時計を見ると十九時を少し過ぎたところだった。まさかこんなに時間が経っていたなんて。

「い、行かなきゃ、私」

颯が桟橋で待っているはずだから。起き上がろうとしてみても、身体に力が入らない。

「なに言ってるの、無理に決まっているでしょう？　それにいったいこんな時間に、どこへ行こうっていうの？」

だってそうでもしないと、颯と二度と話せないかもしれない。

「桟橋だよ」

そこには颯が待っていると思うから。こんなことになってしまったから、約束は無効だろう。それはわかっている。だけどなんとなく、颯はそこにいそうな気がした。

「お願い。行かせて」

お母さんの目を見つめながら懇願する。

「明日朝一番で病院に行きましょう。入院して治療しなきゃ。ね？　治るものも、治らないでしょう？」

最近お母さんは口を開けばこればかりで、私の話なんてひとつも聞き入れてくれない。

「お母さん、お願い。最後の願い、だから」

私は目を開き、お母さんの手をそっと握った。

近い将来、私はいなくなる。きっとそれは間違いない現実。今だって信じたくないし、夢だと思うこともある。

だけど身体が弱ってきているのを実感して、それは現実なんだと思い知らされる。その度に恐怖でいっぱいになって、真っ暗な闇に落ちていきそうになる。颯だけが今の私の心の拠り所なんだ。

「最後のって、なにを……言ってるの。そんなはず、ないでしょ。とにかくだめよ」

お母さんは私の手を強く握り返した。

「だって、もう会えないかもしれないから」

そしたらきっと後悔する。悔いが残る人生は嫌。

「ごめんね……悲しませて。だけど、どうしても、今会いたいの」

お母さんの目をじっと見つめると、みるみるうちに涙でいっぱいになっていった。

そんな姿に私の胸も締めつけられる。

「母さん、ここは郁の願いを叶えてあげよう」

「で、でもっ……」

「心配なのは僕も同じだよ。でも、郁の気持ちを尊重したい」

めったにお母さんに意見しないお父さんが、私の味方をしてくれた。お父さんだってツラいはずなのに、私の前では一切それを顔に出したりしない。だから私も、素直に本音を言えたのかもしれない。

しぶしぶではあるけれど、お父さんと一緒にという条件付きで、お母さんからの許可が出た。

起き上がってもめまいはせず、自力で歩いていつもの場所に行くことができた。お父さんは駐車場で待ってると言ってくれたので、桟橋へは私ひとりで向かう。

照明は暗く足元がおぼつかない。スマホのライトで照らしながら先端までたどり着いた。

「颯」

今日は波が高いからか、いつもよりも大きな音がする。

「えっ、なっ？」

私の呼びかけに振り返った颯は、目をまん丸に見開いた。

「いや、なんで郁がここに？」

「颯が待ってるかなって思ってきたんだ。そしたらやっぱりいた」

会えてよかった、本当に。

「寝てなきゃだめだろ」

「あはは、大げさだなぁ。もう大丈夫だよ」

「夏バテを甘く見てたらだめなんだからな」

本気で心配してくれているのか、颯の目は真剣だ。

って、それもそうか、突然あんな電話をしたんだから、心配しないわけがない。

「ごめんね、さっきは変な電話なんかして」

私はスマホのライトを消して桟橋に腰かけた。そして足を橋の下におろし、夜空を見上げる。

「謝ることはないけどさ、本当に大丈夫なのかよ?」

颯も同じように私の隣に座った。肩と肩がぶつかりそうなほどの近距離で、思わず胸がドキッとした。

「だ、大丈夫だよ」

「なら、いいけど。あんまり無理するなよ。ツラくなったら、いつでも言って」

「ありがとう」

この胸のドキドキが颯に聞こえていませんように。昼間だったら赤くなった顔を見られていたかもしれないから、今が夜でよかった。

しばらくの間、ザザーッと寄せては引いていく波の音を聞いていた。

自分から会いにきておいて、いざとなるとどう切り出せばいいのかがわからない。

それに、この時間が終わってしまうのがとてつもなく嫌だった。

いつまでも一緒にこうしていられたらいいのに……。

そう願わずにはいられないくらい穏やかな時間だった。

「昔さ、郁の麦わら帽子がこの桟橋から海に落ちたことがあったじゃん?」

颯はポツリと話し出した。

「え、あ」

デジャヴってこういうことを言うんだろうか。

「そん時、俺が服濡らしてびしょ濡れで家に帰ったら、案の定親に怒られてさ」

颯は懐かしむように小さくはにかんだ。

「あったね、そんなことも」

「だけどその夜、郁が泣きながら親とうちにきて、うちの親に謝ってくれたんだよな。俺は悪くないから怒らないであげてって」

「し、知ってたの？」

颯に内緒でこっそり謝りに行ったつもりだったけど、気づいていたんだ。

「部屋にいたら、たまたま声がして盗み聞きしてた」

「えー、それは知らなかった」

「俺が勝手にしたことだから謝る必要なんてないのに。郁はいつもそう。変なとこ律儀っていうか、目が離せないんだよ」

颯が身体ごと私の方を向いた。真剣な瞳と視線が重なり、さらにドキドキさせられる。

「その時ぐらいから、俺が守ってやらなきゃなって感じるようになって、気づいたらいつの間にか……好きに、なってた」

「……っ」

月明かりの下で、波間から颯のたどたどしい声が聞こえた。

「郁のことしか見えないし、考えられないから」

ありえないほど胸が高鳴って壊れてしまいそう。

「俺と付き合ってほしい」

颯の気持ちを聞いて、胸が押し潰されそうになった。

はっきり気持ちを聞くまでは、自分の気持ちにウソをつけるって……そう思ってた。

でも……どうしてこんなにも胸が痛くて苦しいんだろう。

『私も好きだよ』って言いたい、だけど言えない。

言うと苦しめることになってしまう。

だから『ごめん、颯とは付き合えない』って、そう言わなきゃいけない。

目頭が熱くなり、唇がわなわな震えた。好きなのにそれを言えないことが、こんなにもツラいだなんて思わなかった。

「ご、めん……っ」

そう口にするのが精いっぱいで、颯から目をそらしてうつむく。とてもじゃないけど、目を合わせていられなかった。

「颯とは、付き合え、ない……」

空気がシーンと静まり返る。目にたまった涙がこぼれ落ちそうなのを、歯を食いしばって必死に耐えた。

だめだ、泣くな、せめて颯のいる前では。

家に帰ってから、思いっきり泣けばいいんだから。

最後くらい、笑っていないと颯に気を遣わせてしまう。

だからお願い、出てこないでよ、涙。

必死の願いもむなしく、ポロリと頬に涙が流れた。

「泣くなよ、悪かったな、驚かせて」

とめどなくあふれる雫(しずく)が、次々と桟橋の上に落ちる。

違う、違うんだよ、颯はなにも悪くない。

そう言いたいのに言えなくて、ただただ胸が苦しい。

「困らせてごめん」

「ちが……っ」

違うって否定して、私はなにを言うつもり?

気持ちにこたえられないのなら、なにも言わない方がいい。

このまま離れる方がいいに決まってる。

颯の気持ちにこたえたら、結果的に苦しめることになってしまう。颯の傷つく姿を想像するだけで、こんなにも涙があふれて止まらなくなる。

私の頭を颯は優しい手つきで撫でてくれた。

だから余計に涙が止まらなくなり、どうすることもできなかった。

「ごめん、ね。今までたくさんありがとう」

涙が落ち着いた後、颯に向かってそう言った。颯に会うのはきっと今日が最後。

そう思うと自然と感謝の言葉が口から出ていた。


翌日、お母さんが部屋のドアをノックする音で目が覚めた。

全身を強く打ったみたいに痛くて、身体に力が入らない。さらにはめまいと吐き気がして、気分は最悪だ。

「もうお昼だよ、そろそろ起きなさい」

「う、うん、無理、かも」

平衡感覚が保てず、足に力が入らない。立てたと思ってもすぐに崩れ落ちてしまい、自力では移動できなかった。

両親に両脇を支えられながら、どうにかこうにかリビングへと移動して椅子に座る。

だけど食欲はまったくわかなくて、ご飯をひと口しか食べられなかった。

そんな私を両親はとても心配そうに見つめる。

「大丈夫だから。あれ、そういえばお父さん今日仕事は?」

お父さんの仕事は土日関係ないため、週末家にいないことも多い。

「しばらく長期休暇を取ろうと思ってね」

そう言われて私のためだということはすぐにわかった。これからどんどん動けなくなったら、ベッドに寝たきりになるのかな。

そしたら両親に介護してもらうの？

私が家にいることで、二人に迷惑をかけてしまうとしたら……そんなのは嫌だ。

でも、だけど、これからどうすればいいの？

自分の身体の自由がきかなくなっていく恐怖を、ひしひしと感じる。

「く、苦し……っ、ひっ」

急に息が吸えなくなって、胸が締めつけられるように痛くなった。

「郁!?」

ごめんなさい、さっき二人に『大丈夫』って言ったばかりなのに。慌てた両親の顔を見て、胸がヒリヒリと痛んだ。

しばらくすると落ち着いたけど、胸の奥の方の痛みはいつまでも治らなかった。

「私、やっぱり入院する」

家がいいだなんて気軽に言ったけど、日に日に弱っていく自分を目の当たりにして、冷静でいられるか自信がない。

自分が自分じゃなくなっていく感覚が怖い。

死ぬのが怖い。両親のツラそうな顔を見るのがしんどい。

「そ、そうね、それが……いいわね。だけど、無理しなくてもいいのよ？」

「そうだぞ、郁。家にいたいなら、いなさい」

「無理なんてしてないよ。家より病院がいい」

そしたら、二人を悲しませずに済む。自分が苦しんでいる姿を見せずに済む。それだけできっと、私は安心できると思うから。

「ごめん、ごめんね郁……お母さんが、代わってあげられたら……どんなにいいかっ。ごめん、なさい」

「やめてよ、そんなこと言わないで……」

誰が悪いわけでもなくて、こうなる運命だったんだ。

颯ややっちゃんにはなんて言おう。新学期に入れば、噂が広まって知られてしまうかもしれない。しばらくは検査入院とかで通せるとは思うけれど、ずっとというわけにはいかなくなる。

午後から病院へ行くことになり、ボストンバッグに荷物を詰める。もう二度と、自分の家に帰ってくることはないだろう。そう思うと涙が止まらなくて、なかなか準備が進まなかった。

荷物を持ってリビングへ向かうと、玄関先でお母さんが誰かと話す声がした。

「ごめんなさいね。しばらく入院するから留守にするけど、なにかあったら連絡させてもらうわね」

「入院、ですか？　おばさんが？」

「もしかして、郁からなにも聞いてない？」

ドクンドクンと変に胸が高鳴る。この声はどう考えても颯だ。

昨日の今日でどうして家に？

「あの子ね――」

「お、お母さん」

いつまでも隠し通せるわけじゃないことはわかってる。だけど今このタイミングでは言わないでほしい。

「あ、あら、いたのね、郁」

お母さんは姿を現した私に驚き、取り繕（つくろ）うように笑った。

「その荷物……もしかして、入院するのは郁？」

私の手荷物を見て、颯は怪訝（けげん）に眉をひそめた。

「…………」

黙っていたら肯定しているようなものだけど、どう言い訳すればいいかわからない。

「郁、俺には隠さずに教えてほしい」

お母さんは気をきかせたのか、そっとリビングに引っ込んだ。気まずい空気が流れて、耐えられそうにない。

どうしよう、どうしたら……。

うつむく私の手からボストンバッグを奪うと、颯は床にそれを置いた。

「突然きて驚かせてごめん。これ渡したくてさ」

黙り込む私を見かねたのか、颯はそれ以上追及してくることはなく、自分の用件を告げた。

「え、これって……？」

そっと差し出された紙袋に困惑していると、フッと笑われた。

「誕生日おめでとう」

「あ……」

まだ一週間も先だけど、そんなことはすっかり頭になかった。

「昨日渡そうと思ってたけど、持って出るの忘れたから今日届けにきた」

「そっか、ありがと……」

寂しそうに笑う颯から紙袋を受け取ろうとすると、その手をギュッと握られた。

「なにがあっても俺の気持ちは変わらない。だから、郁が困ってたら力になりたいし、頼ってほしいと思ってる。無理にとは言わないけど」

繋がった手から颯の緊張が伝わってきた。大きな手のひらに心がかき乱される。優しさに包まれてるようで、つい本音を言ってしまいそう。

「わた、し、私ね……」

がんが再発して、転移もしてるんだって。口からそう出かかったけど、言葉が続かなかった。

「ほら、最近倒れたりしたでしょ……？　原因を詳しく調べるために検査入院するの」

「え？」

目を見開き、驚いている颯。

「大丈夫か？　って、そんなわけないよな。だけど検査入院なんて。いつまで？　すぐ帰ってこれるんだよな？」

颯が動揺しているのはすぐにわかった。

入院と聞いて普通の人の反応だったらこうだろう。颯には昨日の夜も会っているので、予想もしていなかったに違いない。

「二週間くらいかな。驚かせてごめんね」

そんな顔をさせたくなかった。

「いや、こっちこそ昨日は具合悪い時に悪かった」

「ううん、気にしないで。あ、プレゼントありがとう」

「ああ、うん」

お礼を言いつつ紙袋を受け取った。

「開けてもいい？」

颯が頷いたのを見て早速紙袋を開けた。

「わぁ、可愛い！」

颯がくれたプレゼントはキーホルダータイプのハーバリウムで、海をモチーフにして作られたものだった。青や水色、透明などの色が混ざり、中にはミニチュアサイズの魚や真珠の貝殻、ヒトデを象（かたど）ったものがちりばめられている。

「大事にするね」

そう言うと、颯は小さく微笑んだ。

昨日は傷つけてしまったのに、誕生日プレゼントを用意してくれていたなんて夢にも思わなかった。きっとこれが颯からの最後のプレゼントだろう。

もしかすると颯の顔を見るのも今日が最後かもしれない。そう考えたら、目にブワッと涙が浮かんだ。

昨日も弱いところを見せてしまったというのに、涙腺（るいせん）がゆるくてだめだ。せめて最後くらい笑っていなきゃ。

「あ、お見舞いに行くから。それと全国大会期待してて。優勝してみせるから」

「うん、応援してるね！」

私は涙を拭い、颯に向かって精いっぱい笑ってみせた。

緩和ケア病棟に入院してどれくらい経ったんだろう。一度経験しているとはいえ、入院生活は日常とはかけ離れすぎていて、少し前まで普通に生活していたのがウソみたい。同じような毎日で時間が過ぎるのがすごく遅い。

そのうち入院生活が私にとっての普通になる。ううん、その前に私はいなくなっているかもしれない。

颯がくれた誕生日プレゼントを、そっと胸に抱き寄せる。

まるで颯と一緒にいるような気持ちになって落ち着くんだ。

入院してからというもの、日に日に起きているのがツラくなってきた私は、ベッドで寝て過ごす時間が増えた。骨転移の痛みで食事もほとんど食べられず、五日で三キロも痩せてしまった。颯からたびたびスマホにメッセージがきていたけど、返信できずにいた。

その日はひどい身体の痛みと頭痛で起き上がることさえままならなかった。ベッドから一歩も動けず、食事もできなくて点滴を打たれた。

目を開けていると天井がぐるぐる回るほどのめまいがして、目を閉じても船酔いのように身体がふわふわする感覚に襲われる。いったい、どうしろっていうの。ツラくて、思わず涙が出そうになった。

きっともう長くはない。日に日にそれを実感してしまい、逃げ出したい気持ちでいっぱいになる。今すぐ楽になれたら……そんなふうに考えてしまうことも増えた。

コンコンと遠慮がちに部屋をノックする音が聞こえた。十五時過ぎ、この時間にくるといったら両親しかいない。

「入るぞ」

スライドドアがスーッと開いたかと思うと、そこには思いもよらない人が立っていた。

「な、なん、で……」

そこにいたのは、部活帰りの颯だった。颯はさらに日に焼け、髪も伸びたような気がする。それに表情がやけに真剣で、大人っぽく見えた。

「どうして、颯がここに？」

急な出来事に頭が追いつかず、パニックになる。そんな私のもとに、颯はゆっくり歩いてきてベッドのそばに立った。起き上がりたいけれど、めまいがきつくて無理だった。

「郁からの返信がないから、家に行った。そしたら、まだ入院してるって」

心なしか颯の声は震えて、動揺しているようだった。見た目がすっかり変わった私を見て、びっくりしたのかもしれない。じっと見られるのが嫌で、布団を鼻先まで引き寄せた。

「緩和ケア病棟って……なに？」

颯の低い声が沈黙を破った。

「え……あ」

サーッと血の気が引いていく感覚がする。

「どうして郁が……昔ガンで亡くなったじいちゃんと同じ……緩和ケア病棟にいんの？」

どんどんかすれていく颯の声に胸がズキズキ痛んだ。まさかこんな形で知られてしまうなんて。

「わ、私、がんが、再発……したの。それでね……骨にまで転移してて、もう……」

ここまできたら、これ以上隠し通すことはできなかった。いずれ知られてしまうなら、自分の口からちゃんと伝えたい。

「手遅れ……なんだって。余命一か月って、言われちゃった……」

布団の中で両手をギュッと握り締める。目に涙が浮かび、我慢しようとしてもだめだった。

「……は？」

わけがわからないと言いたげに、これでもかと目を大きく見開く颯。

「いやいや、冗談だろ……？」

これがウソや冗談だったら、どれだけよかったか。

どれだけそうであってほしいと願ったか。

「冗談で、こんなこと言わないよ……っ」

涙が次々とあふれて、頬を伝った。

「ごめん、ね……突然、こんなこと……」

颯を悲しませたくなかった。傷つけたくなかった。

「なんでこんな時まで……っ謝るんだよ」

「颯の苦しむ顔は……見たくない、から」

だから、ごめんね。私のせいでそんなツラそうな顔をさせてしまって、傷つけてごめんなさい。

「俺の方こそ……ごめん」

うつむきながら涙を拭っていると、全身がふわっと温かいものに包まれた。それが颯の腕だと気づいたのは、それからすぐ。

「ツラい時にいろいろ背負わせて、そばにいてやれなくて……ごめん」

耳元で弱々しい声がした。

「は、颯は、悪くないよ……」

できる限り腕を伸ばし、颯の身体を抱き締め返す。きっと私の身体は震えていた。だけどそれ以上に颯の身体も震えていた。

誰だってこんな現実は信じたくないし、受け入れられないはず。

「郁がいなくなるなんて……信じ、られない……っ」

「うん……私も」

お互い不安をかき消すかのようにきつく抱き締め合った。颯の広い胸と腕の中は、驚くほど居心地がよくて温かかった。それだけで心が軽くなったような気がする。

それからどれくらい経ったのだろう。どちらからともなく身体を離すと、一気に恥ずかしさが込み上げた。

「そ、そろそろフェリーの時間だね」

颯は帰ろうとする素振りを一切見せず、じっと私の顔を見つめたまま、微動だにしなかった。

「好きだ」

真顔で突然そんなことを言われ、鼓動が大きく飛び跳ねた。

「俺と付き合ってほしい」

ドキドキと胸が高鳴り、奥底の方がギュッと締めつけられる。

「私は……好きじゃ、ない」

ここで本音を話したら、これまで隠してきた意味がなくなってしまう。

「ずっと一緒にいたから、郁のことはなんでもお見通し。俺のためを思って本音を隠そうとしてるなら、それは違うから」

「そんなこと、ないよ」

そう言ってみたものの、颯には通用しない。

「私は、颯とは付き合えないよ……」

真剣に言ってくれてるのに、こんな最低な私でごめんなさい。好き、大好き。口に出しては言えないから、心の中で言っておく。

「俺はいつまでも待ってるから」

颯はそう言うと、プイと顔を背けた。

耳がなんとなく赤いのは気のせいだろうか。

「じゃあ、また明日」

「あ、うん……今日はありがとう」

颯の背中を見送る。

胸の高鳴りはいつまでも収まる気配を見せなかった。

『また明日』という宣言通り、颯は毎日のようにお見舞いにやってきた。全国大会が近くて部活が忙しいはずなのに、帰りのフェリーまでに少しでも時間があると顔を出してくれた。

ここ数日、痛みが激しく意識が朦朧（もうろう）とし、まともに話せない日が続いている。点滴だけで命を繋いでいる状態の私に、颯は変わらず接してくれた。だけど時々ツラそうに顔をしかめていることがあって、その度（たび）に私は胸が苦しくなる。

「毎日、きてくれなくて大丈夫だよ」

部活と病院の往復の毎日はハードなのだろう。疲労の色が顔に出ている。私のために無理してほしくはない。

「俺が会いたくてきてるんだよ」

「……っ」

パイプ椅子から立ち上がり、顔を覗き込まれてドキッとする。

「毎日郁のことしか考えられない」

「そ、そうだよね、こんなことになっちゃって……」

「そうじゃなくて」

スッと伸びてきた手が、優しく頭を撫でてくれた。

「……好きだから」

少し照れくさそうにうつむきながら颯が言った。

私も……好きだよ。そう言えたらどんなにいいかな。

だけど言わない。これ以上颯を苦しめたくはないから。

颯には笑っていてほしいから……。

だから、言わない。

そう決めたのに、颯の気持ちを聞くとほだされそうになる。

「あり、がとう」

私を好きだと言ってくれて。それだけで十分だよ。

それなのに、どうしてこんなにも胸がヒリヒリ痛むんだろう。

翌日、やっちゃんがお見舞いにやってきた。

「月島くんに事情を聞いて、心配で郁の家に行ったの。そしたら郁のご両親がここに案内してくれた……」

私はもう起き上がることもできず、ベッドの上で顔だけを動かしやっちゃんを見つめる。

目に涙を浮かべながら、顔を歪めるやっちゃん。

「ごめ、んね……っ、こんな形で」

ちゃんと話せなくて申し訳ない。元気なうちに伝えておくべきだったかな。でもどうしても、言えなかったんだ。

やっちゃんは私の前で泣いていた。きっと不安にさせたに違いない。

「いいの、謝らないで……っ郁の方が何倍も、ツライんだからっ」

大好きな人を苦しめたくなんかないのに、どうして病気になったのが私だったんだろう。

私、前世でそこまでひどいことをしたのかな。

どうして？

なんで？

悲しむやっちゃんをよそに、そんな疑問がぐるぐる頭を巡っていた。

余命一か月。そう告げられてから、三週間は経ったかもしれない。一日中ベッドの上から動けず、ただ天井を眺めてじっと過ごす。

「なんかやりたいこと、ある？」

お見舞いにきていた颯が唐突にそんなことを聞いてきた。

やりたい、こと……。

「桟橋に……行きたい」

目を閉じると浮かんでくるのは、颯と過ごした思い出の桟橋。太陽の光に反射してキラキラ輝く海面がとてもきれい。

夏の澄んだ空には入道雲がかかり、どこからかセミの鳴き声がする。颯と見る何気ないそんな景色が好きだった。……大好きだった。もう二度と見れないんだと思うと、胸が張り裂けそうで涙が出てくる。

「桟橋、か」

「そこに行くと穏やかな気持ちになれるから」

今の私は自力で寝返りするのも一苦労で、もうずっと外にだって出ていない。そんな状態でフェリーに乗れるわけがないのはわかってる。

「郁はなにかあると必ず桟橋にいたよな。ま、俺もだけど」

颯はフッと小さく笑ってみせた。私たちにとって大切な思い出がたくさん詰まった場所だった。

「わかった」

「え……?」

「許可取ってくる」

颯はそう告げるとあっという間に病室を出て行った。

そして戻ってくるなり『今から行くぞ』と言い放ったのだった。

久しぶりの外は太陽の光が容赦なく照りつけ、ものすごく暑かった。

「つらかったらすぐ言って」

リクライニング式の車椅子に横たわる私は、フェリーの中で注目を浴びた。そんな視線をものともせずに、颯は堂々と私に声をかけてきた。だけどその目がうっすら赤いのは気のせいだろうか。それは今日だけではなく、ここのところずっとだ。颯の笑顔を見たのはいつが最後だろう。

港に着くとフェリーを降りて再び外へ。あまりの眩しさに目を細めると、颯がサッと日傘をさしてくれた。傘も持てないほど、私は弱ってしまっている。情けないやら悔しいやら、いろんな感情が胸に渦巻く。その渦は徐々に大きくなって、今にも押し寄せてきそうだ。

桟橋の先端へは、車椅子では行けそうになかった。

「ちゃんとつかまってろよ」

残念だなと思っていたら、颯がヒョイと軽々しく私の身体を持ち上げた。

「ちょ、ちょっと……っ」

いきなりなにするのっ。

「大丈夫だから」

そういう問題じゃなくて、ただ恥ずかしいんですけど……！

密着してると颯の心臓の音が聞こえてきた。トクントクンと一定のリズムを保っているのがわかる。

颯は私を抱えたまま桟橋の先端までくると、そこで立ち止まった。青空に飛行機雲が見え、波の音がすぐそばで聞こえる。潮の香りが懐かしいのは、病院生活に慣れてしまったせいかな。とにかくすべてが心地よくて、痛みが少しだけ和らいだ気がした。

「ねぇ、颯……」

顔を見られないようにうつむく。

きっと私は長くはない。自分の身体のことは、自分が一番よくわかっている。そして多分、颯もそのことに気がついている。

私がいなくなったら、どうなっちゃうのかな。

「……笑って？」

「え？」

「この先もずーっと、笑っててね」

だって私は颯の笑った顔を見るのが好きだから。

「私はいつでも、ここにいるから」

「なんだよ、いきなり」

「颯の笑顔が……好き、だから」

これが私の精いっぱいの本音。言いたくても言えなかった素直な気持ち。今言わなきゃ後悔すると思ったんだ。

「この場所にいつだって私はいるよ。だからツラくなったら、ここにきて思い出してね」

私がいたことや、たくさんの思い出を。そしていつか乗り越えてほしい。私がいなくても、颯には笑っていてほしい。幸せになってほしいんだ。

「な、んで、そんなすぐに、いなくなるみたいな言い方……」

ありえないほど震える颯の声に、胸を鷲（わし）づかみされたように締めつけられる。

「いつもいつも……郁は、自分の運命を受け入れて、無理して笑って……少しは弱さを見せたっていいのに」

「なに、それ。受け入れてなんか、いないよ……ほんとは今だって」

私はグッと唇を噛んだ。

「怖いに決まってるじゃん……！　どうして私なの？　なんで死ななきゃいけないの？　死にたく……ないっ」

死にたくなんかない。

目から涙があふれていた。

「死にたく、ないよ……っ」

全身がカタカタ震えているのがわかった。目に見えない恐怖が心を覆い尽くし、真っ黒に染まっていく。

自分の本心から目を背けて考えないようにしてきたことが、ここにきて一気に爆発した。

涙が止まらなくて、次々と流れ落ちる。颯はそんな私の肩を引き寄せ、ギュッと抱き締めてくれた。

「大丈夫、どんな時も俺がそばにいるから」

颯の声は落ち着いていた。だからなのか、スーッと胸に落ちてきて、私の心を落ち着かせてくれる。私は心のどこかで、颯がそう言ってくれるのを期待していたのかもしれない。

「ずっと郁のそばに……もう泣かせたりしないし、ひとりで苦しまなくていいから」

「ううっ……」

その言葉がどれだけ私の支えになっただろう。

「郁」

耳元で名前を囁(ささや)かれ、とっさに顔を上げると視線が重なり、思わずドキッとした。

「好きだよ」

ゆっくり顔が近づいてきたかと思うと、唇に柔らかい温もりが落とされる。一瞬の出来事に、私は目を見開いたまま身動きが取れなかった。

「な、なっ……」

なにが起こったの⁉

「はは、真っ赤」

「だ、だって颯が……」

……キスなんかするから！

クスクス笑う姿は、私が大好きないつもの颯の顔だった。

ドキドキが止まらなくて、目を見ていられない。

いつのまにか涙は止まり、穏やかな気持ちになっていた。

不思議と颯といると不安や恐怖を忘れられる。

「ありがとう、ほんとに」

颯がいてくれて、これ以上ないってほど幸せだった。

大好きだった。できるなら、ずっと一緒にいたかった。

ごめんね、ありがとう、バイバイ。ずっとずっと元気でいてね。私は遠くからいつも見守っておくことにするよ。

――颯の幸せを願いながら。

ザザーッと寄せては引いていく波の音を聞きながら、私はそっと目を閉じた。

この物語はフィクションです。実在の人物、団体等とは一切関係がありません。

miNato先生　永良サチ先生　望月くらげ先生　湊 祥先生へのファンレターのあて先
〒104-0031　東京都中央区京橋1-3-1　八重洲口大栄ビル7F
スターツ出版（株）書籍編集部 気付

余命一年　一生分の幸せな恋

2024年10月28日　初版第1刷発行

著　者　miNato　©miNato 2024　永良サチ　©Sachi Nagara 2024
望月くらげ　©Kurage Mochiduki 2024　湊 祥　©Sho Minato 2024

発 行 人　菊地修一
デザイン　フォーマット　西村弘美
カバー　齋藤知恵子
発 行 所　スターツ出版株式会社
〒104-0031
東京都中央区京橋1-3-1　八重洲口大栄ビル7F
TEL　03-6202-0386（出版マーケティンググループ）
TEL　050-5538-5679（書店様向けご注文専用ダイヤル）
URL　https://starts-pub.jp/
印 刷 所　大日本印刷株式会社

Printed in Japan

ISBN　978-4-8137-1653-2　C0193